穿越无人区的小孩

陈永清 著

贵州出版集团
贵州人民出版社

目 录

第一章 我们都是大自然的孩子   **001**

来到地球第三极——神秘的可可西里   002

探秘"火星"——初识无人区   010

雅丹——风神手捏的诡异世界   014

萨普冰川下的孩子们   018

身披银纱的羊卓雍措   022

高原反应   026

谢谢你陪我走过万水千山   030

可怜   032

泡澡   035

蹲下来和他交流   037

公共场合里告知他你去了哪里   040

年在心里   044

最终什么是你的   047

你关注的是什么，
你的生活就是你关注的样子   049

觉察你的时间都去哪了   054

玉树   058

孩子们的礼物   062

允许自己发光   064

生命效率   067

胆怯是从哪里来的   072

去到 OR 去不到   075

千寻宝宝的故事   082

第二章 对话　　085

鹤发童颜　　086

宏大的目标　　090

对话　　092

第三章 玩好上天送的玩具　　095

有序和无序　　096

鲜活是什么　　099

时间都去哪了　　101

每个人内在都住着一个小女（男）孩　　103

自我的建立　　105

所有的都是聚焦　　109

赋予爸爸参与带娃的权力　　111

看见　　113

把尿　　119

你百分之百知道你想要的是什么　　120

玩好上天送的玩具　　123

方法就是工具　　125

小时候你对做自己感兴趣，

对追随别人，成为别人没有丝毫的兴趣　　127

不是他不懂，是你不懂　　130

蹦蹦床　　132

床上的欢乐时光　　133

用心呵护自己，

时常给自己正面的确认　　135

忆起你的本能　　138

为什么感觉比语言重要　　　　　140

真正的你永远活在当下　　　　　143

伤害你的不是别人的语言

或者行为，而是你对此的预期　　146

连走带跑　　　　　　　　　　148

滑滑梯　　　　　　　　　　　151

喂饭　　　　　　　　　　　　153

不要把开心快乐建立在"等、靠、要"上　157

为什么孩子整天玩都不累，

精力永远那么充沛　　　　　　161

怕　怕之一　　　　　　　　166

怕　怕之二　　　　　　　　169

生命中重要的引路人　　　　172

捕捉生命中的美好　　　　　175

恐惧不是天生的，

孩子的恐惧是来源于你给他的灌输　177

稳稳地待在自己的中心，

品味生命的美妙　　　　　　181

每时每刻你是被提供充足的，被爱包围　184

我是怎么一个人带千寻宝宝的　　186

随时随地创造新的乐趣　　　　188

是谁在吓唬孩子　　　　　　　189

厌食　　　　　　　　　　　　191

积食　　　　　　　　　　　　196

在与事物的互动连接中，

孩子获得自信和力量　　　　　200

胆小鬼　　　　　　　　　　　202

不会说话　　　　　　　　　　205

拥抱变化　　　　　　　　　　208

细致地分享如何带宝宝出行　　210

你在孩子身上找什么　　212

老房子　　215

祝福　　217

爱与自由养育下的孩子不乏勇敢和自信　220

不要试图驯化孩子变得随波逐流　　222

宝宝餐椅　　225

让情绪流经孩子　　227

允许　　229

在家带孩子不丢人，

你为人类的繁荣昌盛做了很棒的工作　　233

两种完全不同的创造　　236

觉察你喜欢给孩子做怎样的确认　　239

欢乐无处不在　　242

言行举止　　244

够了与不够　　245

是管还是陪　　249

玩就是在探索　　253

学会掌控思想　　256

请不要试图降服孩子　　258

捉迷藏　　260

天生的玩乐家　　264

后记　　269

孩子，自在地做自己吧　　270

壹

[第一章 我们都是大自然的孩子]

来到地球第三极——神秘的可可西里

并不知道要进入可可西里，然而此刻它就在我的眼前，神秘而辽阔。亚男对大自然的动物情有独钟，为了让我们能欣赏到野生动物，特意将路线调整成沿青藏公路行驶途经可可西里国家级自然保护区，着实令人兴奋不已。

知道可可西里，是我曾经在电视上看到过、听说过它的名字，也知道这里有国家珍稀的保护动物——藏羚羊。除此之外，我总感觉可可西里的名字很好听，带着一种神秘的色彩。这便是我对它的所有了解。

可可西里为蒙语，意思是青色的山梁。这一广袤地域，是中国人口最少的地区，也是世界三大无人区之一，可可西里国家级自然保护区位于青海省玉树藏族自治州西部，面积约45000平方千米，主要保护对象为青藏高原特有的野生动物、植物及其环境。保护区内生活着国家重点保护动物，包括藏羚羊、藏原羚、野牦牛、藏野驴、藏狐、盘羊、雪豹、棕熊、猞猁、金雕等。2017年，可可西里正式被联合国教科文组织世界遗产委员会列为世界遗产名录。由于自然条件恶劣，人迹罕至，这里成为原始的生态环境和独特的高原自然景观保存最好的地区，平均海拔超过4500米，比毗邻的平原、盆地高出3000米以上，由于其特殊海拔，常被科学家们将其与地球南极、北极相提并论，因此也被称作"地球的第三极"，又被称为"世界屋脊"。广达数万平方千米的荒野和繁衍其间的生灵与高山、冰川、原野和湖泊一道，构成了青藏高原上最具有代表性的旷世美景，罕见于任何其他高原地区。

我们在格尔木度过了除夕夜，大年初一早早地沿青藏公路出发前往可可西里。酒店的工作人员给予了我们极大的关爱和祝福，厨师为千寻宝宝特别增加了蒸鸡蛋羹，还额外为我们准备了水煮蛋、花卷和酸奶，作为途中的补给，因为这一路除了大片的荒原和雄伟壮丽的山川，别无其他，吃饭并不方便。装满他们的热情与关爱启程，身体里的每一个细胞都感受到了被爱与温暖，这份爱与祝福注定会变幻出更多的爱与祝福经由我传递出去。这便是人世间极致而纯粹的美好，它值得传递向更多的人那里。

空中飘着雪花，可可西里这片稀有的荒野一望无垠，美景令人赞叹不已，仿佛被冻结在时空中，路上的车辆稀少。风呼啸而过，雪花快速地贴敷着地面一刻不停地朝前飞奔，被它的舞姿和鲜活吸引，我感受到极大的快乐，忍不住兴奋地执意下车感受这里的洁净与辽阔。这里并非寒冷刺骨，置身广阔的天地间我们备感激动与兴奋，处处充满着好奇有趣，时值大年初一，更添欢快、喜庆。

继续前行，眼睛一刻不停地饱览着窗外的美景。猛然间，窗外的一群藏羚羊映入眼帘，我被深深地吸引，顾不上寒冷，光想下车近距离欣赏，那一幕我想永远都会停留在我的记忆中：一群藏羚羊悠闲地在草原上。亚男介绍说这群藏羚羊是一家子，有着长长羊角的是雄性藏羚羊，它周围是六只雌性藏羚羊，藏羚羊实行"一夫多妻"制；雄性藏羚羊长着长长的羊角，要足够威武雄壮才能保护好它的妻子们。

就在驻足藏羚羊群时，我被路面上狂风吹起的雪花吸引，雪花在狂风中肆意地飞舞，犹如变幻莫测的精灵向前移动，雪花在空旷的可可西里尤为生动。车子继续前行途中，我每一眼看向雪花那曼妙的身姿时，就感觉到它们生机勃勃，仿佛在这条路上我们不那么孤单，大自然在以它生动鲜活的舞姿陪伴着我们。心生喜悦，流淌着暖流。

另一明星动物便数藏原羚了，告别藏羚羊不久，我们又遇见了藏原羚，藏原羚在这里极为常见，人们容易把它与藏羚羊混淆。在可可西里新青峰下，几只藏原羚正在积雪覆盖的荒原上嬉戏，你追我赶地疯跑着，偶尔也见它们会刨开积雪较薄处觅食，对于这里的严酷环境，它们有着极好的适应能力。

秃鹫被称为青藏高原上的"清道夫"，以动物尸体为食，也偶尔捕食小型动物和鱼类。它们的眼睛很大，视力极其敏锐，在高空中也能发现地面上的尸体和腐肉。星星点点的野牦牛在很远处，惬意地享受着大自然的恩赐。一群群藏野驴悠闲自在地呼吸着可可西里清新而湿润的空气。最常见的是翱翔的金雕，时而盘旋天际，时而冲天而起，惊得鼠兔倏忽之间钻进草丛……一切都沉浸在可可西里宁静、和谐而又自由的画卷之中。

无论欣赏到哪一种动物，千寻宝宝都异常兴奋，手指着它们嗷嗷叫唤，忽闪着大眼睛，用他独有的方式诉说着内心的狂喜与激动。

摘自中国国家地理《绝地生灵》

「1」在中国西藏自治区、青海省、新疆维吾尔自治区交界处，有一片被称为"生命禁区"的土地。虽然海拔高、气候恶劣、人迹罕至，但这里是生命的乐园。这片区域有阿尔金山、羌塘、可可西里三个国家级自然保护区，里面生活着世界上独特的有蹄类动物——藏羚羊、藏原羚、野牦牛、藏野驴等以及各种鼠兔、鸟类等，共同构成了独特的青藏高原生态系统，又成为整个无人区的基石。这里的生命复杂多样，是地球上最亮丽的风景线之一；这片土地也是祖国的一片净土，没有人类的打扰和破坏。在我们的眼中，不仅只有人类，经过亿万年的演化发展到今天，所有的生命其实和我们是平等的，它们也有尊严，也有生存的权利。

这片土地被形容为荒凉贫瘠，荒无人烟，不毛之地，然而她却孕育出了地球上最伟大的生命形式——它们适应最高海拔的这片大地，即使空气稀薄，仍然可以快乐地驰骋，它们适应雨水并不丰沛的这片大地，即使甘露不多，仍然可以坚强地存活；它们适应植被并不茂盛的这片大地，即使食物有限，仍然可以填饱肚子。

三个国家级自然保护区，不是生命的禁区，而是生命的乐园。

我们的爱会让其他生命迸发出更多的光彩，我们的爱最终可以挽救自己，让我们和其他生命持久地在地球上生存下去。

——中国科学院动物研究所高级工程师、国家动物博物馆科普策划总监张劲硕博士

探秘"火星"——初识无人区

我和语佟说还想去西藏，说的时候已经临近春节，然而她也好想去，便一拍即合。很快，她就安排好了进藏的行程，有别于《嘘！你是无限的》书中提到的滇藏之行，此次我们从敦煌出发，体验壮美青藏线，并且她一再和我兴奋地诉说着，告诉我会去罗布泊、雅丹地貌以及彼此都心生向往的萨普冰川。

整个行程里，我几乎只对萨普冰川有初步的了解，也只是在一个视频里看到过萨普冰川的极致壮美，便种下了前往的种子，没承想在很短的时间内就呈现在行程上了。我对罗布泊和雅丹地貌没有太多的了解，也没有去搜寻相关信息，只是感觉，可以，挺好的，想去看一看，这里面也出于对语佟的信任和默契，每次出行大家在一起会相处得轻松自在，这令彼此都感到身心愉悦，很放松。

尽管我和语佟认识的时间并不长，年龄悬殊也挺大，但丝毫不影响我们在一起相处的美好感觉。语佟的性格热情开朗，使她结交了很多来自五湖四海的朋友，比如，此次行程里，有语佟一个擅长摄影、户外探险的朋友等。总之，她是那种特别能给人亲近感、舒服感、真实感、大方感的阳光女孩。和她相处过的人，我想没有不喜欢她的，没有不愿意和她在一起的，就像我。此次带队的亚男，是户外探险家，也是拍摄无人区纪录片的导演，多次进藏，熟知各条进藏线路，行程完全交由他来安排。尽管行程里的很多地方我都一无所知，但是有了亚男，我的内心非常安稳和笃定，带着兴奋踏实的感觉和千寻宝宝踏上行程。

在敦煌短暂停留后，四大一小一行人乘坐越野车出发前往罗布泊，正因我对它的一无所知，也让我更多了一些好奇心去接近这片热土。来到之后真的令我很震撼，这里确实很像穿行在火星的感觉，除了戈壁和山脉之外，湖泊很少，动植物也很少，可以用荒凉来形容，也可以用广袤无垠来形容，还可以用荒无人烟来形容。是的，一望无际的罗布泊没有人烟，这里是真正的无人区，我们伴随着激动的心情，就这样轻松地踏进了罗布泊无人区的领地。

找到一个关于罗布泊纪录片的介绍，是这样形容的：光秃秃的荒岩，站在苍穹低垂、大地浮生的高原上，呼吸着洁净的空气，碧空如洗的蓝天，看着无限展开的世界，这种终极之美震慑住了心灵，在这样的伟大与壮丽面前，一切急功近利、绞尽脑汁、尔虞我诈都显得十分黯淡。

这是一块谜一般的土地，罗布泊在很久之前曾是我国一个变幻莫测的内陆湖，离湖不远，曾经有一个人口众多、商旅云集、颇具规模的古代名城——楼兰。公元四世纪后，盛极一时的楼兰竟悄无声息地成为一座空城，繁华兴盛的丝绸古道也逐渐凋零、败落，黄沙满途。罗布泊被无边无际的茫茫流沙、蜿蜒起伏的风蚀沟堑、遍布湖盆的盐壳紧紧包裹、封锁着，那难解的谜团雾一般地笼罩在罗布泊的上空。湖岸不远则仅存一些斑驳稀疏的纤草及那片与天际相连的黄沙。

途中，我们得知罗布泊现在升级为国家野生动物保护地，尤其是野骆驼的保护地，所以，进入它是需要提前经过审批方可进入的，有幸跟随亚男，我们方得以有正规条件获批准后进入。据了解，全年能进入罗布泊的也不会过一千人，数量很少。所以，这个春节特别有意义，千寻宝宝与我选择在这样特别的旅程中度过，我感到特别幸运，珍惜在路上的每分每秒。

这里并没有路，车子沿着模糊的车辙行驶。对于我们来说没有方向感，但是对于亚男来说，依然很清晰。所以，在整个罗布泊的行程里，我特别放心。在无人区穿梭了近四个小时，行驶里程大约二百七十公里，这相当于在公路上行驶了五百公里的距离。

最深的感受便是，地球非常丰富多彩，汹涌的浪涛，荒凉的戈壁，壮丽的山河，四季的迭代，花草的芬芳，碎石的坚硬，都是它，它充满着多样性，是琳琅满目的多样性组合成了多姿多彩的地球。它的多样性表达的也是我们每一个人充满着多样性的外在流露，不可能只有一种形式，展示自我的人们，会更加容易触碰到自身的多样性和可能性。其次便是，我们会更多地看淡物质的追逐与抓取，看淡都市机械陀螺般地追逐，一旦到了这样的地方，你会感受到人与人之间真挚情谊的可贵，能够表达爱的流淌，充满着人间的温情，这份温情本身就饱含着莫大的力量。

我很清晰地记得，从无人区穿越出来，车子拐进公路的那一刻，真的仿佛从火星回到地球的感觉，非常像。曾经在有关的卫星视频里看过火星的表面，确实跟罗布泊的很多地貌异常相似，所以就有种感觉，我们从火星穿越回了地球家园。心中对赖以生存的家园更多了几分发自心底的热忱、敬畏和激情，这份热忱完全转化到你的生活里、生命态度里，所以，于我而言别具意义。

　　对千寻宝宝来说，他当然更是第一次体验，亚男说，这是他带过的年龄最小的进入无人区的队员，千寻宝宝是环球路上最小的婴儿，所以亚男有这样的评价不足为奇。对于千寻宝宝来说，无论在哪里，"开心、好玩"都是他觉得首要的。即使是在罗布泊这样荒野地带，下车活动时，他也能表现得异常兴奋、好奇，对地面上的碎石产生了好感，捡起在手里把玩。我抱着他在空旷的路上来回走、来回跑，他兴奋不已，开心地尖叫。把他放在地上让他自由地玩耍，即使离他几米甚至十几米远给他拍照，他都表现得很自在。似乎在这种广阔的天地里，每个人更能完全真实地呈现自己，呈现出来的都是一种畅快、洒脱的感觉。

　　手机没有信号，碎片化的信息被屏蔽了，刷不完的朋友圈被隔绝了，都市繁忙生活里紧张、高强度、焦虑、空虚也被粉碎了，在黄沙碧空之间，人的社会身份和社交套路失去了意义，变得简单而幸福。

雅丹——风神手捏的诡异世界

雅丹有一个俗名叫"风蚀林"，泄露了它是狂风塑造的一种地貌。或许是因为造型太诡异古怪，太张牙舞爪，风起时雅丹群间常伴有鬼哭狼嚎之声，人们又送了它一个更响亮的绰号——魔鬼城。

我们在冷湖镇住了一晚，冷湖周围是连绵的俄博梁雅丹地貌，或奇峰突起，或犬牙交错，或如重重关隘，或如狮身人面，都是风的形状。风，大自然的雕刻刀，低啸高鸣，时时打磨着这些壮丽恢宏的作品。

海拔3260米的俄博梁雅丹则像火星地貌一样原始，龟状雅丹漫山遍野，柱状雅丹直入苍穹。有人说，它们是风神手捏的诡异世界，每一种造型都在启发和拓展着人们的想象力。行走于俄博梁雅丹，即使是没有信仰，也会被大自然的鬼斧神工所折服，满怀敬畏之心，臣服于大自然的神奇与魔力。

不生长一株植物，千年风化的雅丹连绵不绝，这里天生自带一种悲怆感。走入其间，就像是登上了火星。对于这颗太阳系里最像地球的行星，我们往往只能在科幻作品中领略它的奇特、与众不同，而在这里，你犹如身临火星，置身异度空间。

我自然少不了抱着千寻宝宝亲密接触这片热土，爬上高高的山坡，揽群山入怀，再把千寻宝宝放在地上，拉着他的小手来来回回地走，蹲下来细细观察风蚀的地面和山体，一层层薄薄的沙土干净地堆叠着，缝隙里的沙子在阳光的照耀下闪烁着亮晶晶的光芒。

　　有人说，大西北的魅力在于会做极致的加减法，它脱离了现代文明的千丝万缕，苍莽无涯的四野八荒，让你在天地间独行，在恢宏浩瀚的时空坐标里重拾自己。

绝世秘境
雪山深处的伊甸园

萨普神山位于比如县羊秀乡普宗
沟境内，数万年来一直矗立于此，
周围群山环绕，主峰被尊为当地
的神山之王，最高峰 6956 米。
这是一座罕为人知的小众冰川，
被誉为"绝世秘境""雪山深处
的伊甸园"，终年被白雪覆盖，
神秘而惊艳。

萨普冰川下的孩子们

从比如县到萨普冰川大约三个小时的车程，两辆车5：30准时出发，天还没有亮。

车子在黎明前的黑暗中前行，陪伴我们的是天空中会眨眼的星星，路上还会飘散零星小雪。大伙兴致高昂，随着动感的音乐，愉快地穿行在黑夜里。

萨普神山位于比如县羊秀乡普宗沟境内，数万年来一直矗立于此，周围群山环绕，主峰被尊为当地的神山之王，最高峰为6956米。这是一座罕为人知的小众冰川，被誉为"绝世秘境""雪山深处的伊甸园"，终年被白雪覆盖，神秘而惊艳。

天气变幻莫测，中途天微亮，天空泛着浅浅的橙红色霞光，我心想还能赶到萨普看日出呢，然而，临近萨普冰川时，天气转成阴暗多云，看不到日出也显得不那么重要了，我们早已在一路宛如仙境的旷世奇美中领略了震撼和惊喜。

亚男车技非常娴熟，对于冰雪未融的路面也依然胸有成竹，游刃有余。在跨越一个缓坡时，车子试了几次都没过去，亚男便招呼大家下车，用铁锹之类的备用工具铲除路面积雪。于是，一行人开始兴致高昂地下车铲雪，我则抱着千寻宝宝下车去玩雪，这些插曲都组成了行程中有趣的点缀。

　　临近萨普冰川，能看到山脚下为数不多的人家，房顶上都冒着缕缕青烟，那是他们使用的取暖炉子，确保房间里舒适暖和，在一户藏族同胞家我就见过这样的景象。到达山脚下大概九点钟，此时已经可以看到迎面的返程车，很显然他们已经欣赏完萨普冰川了，车辆交汇时，相互之间用闪灯的方式表达亲切问候。

　　雾气太厚，我们没能看到冰川的全貌，但到达山脚时我们已经非常兴奋了，山脚下有一个很大的湖，湖面结着厚厚的冰层，人们可以在上面肆意地奔走玩耍，大大小小的一群人，无不兴奋得像个孩子，张开双臂呼喊，无拘无束地撒欢。停留的时间里，乌云逐渐消散，一缕阳光进射出云层，洒向大地，终于可以看清冰川的尊容了，它的上部像金字塔一样呈三角形，湖蓝色的冰体清晰可见，壮美而神秘。我们逗留了很长时间，开始满意地往回走。记忆最深刻的是，车子掉转方向不久，我们发现了一个离萨普冰川不远的村庄，这里有一个篮球架，藏族同胞家的孩子们都聚在这里打篮球，大大小小的一群孩子，小的可能只有四五岁，大的大概都已成年，大伙混龄玩耍，其乐融融。村子里并没有什么游乐设施，在这个人数不多的小村庄，除了和大山冰川做伴以外，这个篮球架更显珍贵，所以人们特别喜欢它，从他们的神情里完全感受到了满足与喜悦。那份纯净的笑容，清晰地挂在他们深色光滑的肌肤上，真实、深情而闪耀。这一幕会永久地停留在我的记忆里，那份鲜活与纯真给了我内心未曾有过的触动，这些在喧嚣的都市里并不容易遇见，然而在这样的地方几乎随处可见，时常让我感动。

　　回到都市，回想起这一天这一幕时，仍然会带给我新鲜的触动和美好的感觉，那里简单、纯粹、开心、满足。不需要很多的外在追逐和拥有才能达成，只需要你意识到这样一个真相和事实，不管你是谁，都可以在你此刻现在的生活里活出那份开心、喜悦与满足，这完全取决于思想的转变，取决于你真的想为自己的生活注入更多的美好与喜悦的色彩，不关乎于你拥有的还不够，你还不能让自己开心喜悦。真相是，那个"拥有的还不够"是思想的幻象，一直在阻止你去感知生命的美好与纯真。

　　是的，在冰川下的篮球场，在孩子们的脸庞，在洁白的笑容中，我捕捉到了这个真相。

身披银纱的羊卓雍措

　　第二次与千寻宝宝来到圣洁壮丽的羊卓雍措（简称"羊湖"），是大年正月初九，天气特别好，艳阳高照，怀着激动而兴奋的心情从拉萨乘上了前往羊湖的车。

　　距离上一次与它亲密接触已是半年之前的事情，时值夏季，整个湖面呈宝蓝色，镶嵌在山脚；而此时是冬季，游客稀少到可以用个位数来形容。站在山口眺望，山口的海拔4998米，风呼啸而过，湖面上仍覆盖着一层薄冰，羊湖完全呈现另外一番景色，宝蓝色的湖面好像披着一层洁白缥缈的银纱，更显它的俊美与独特。

　　带着千寻宝宝在观景台驻足很久，走上台阶，我们绕着台阶来回地观望，就想和羊湖全方位地亲密接触，进而又抱着千寻宝宝一起舞动身体，展示着内心的激动与狂喜。在山口高处变换着视角与羊湖相处之后，我们来到了羊湖山脚下，站在它的面前近距离地接触它。湖面的冰层并不厚，岸边的冰已经接近融化，拉着千寻宝宝走在岸边，踩在冰碴上，发出嘎吱嘎吱的声响；拾起一块冰交到千寻宝宝手里，让他感受这份清凉；拿着冰对着太阳，让他感受阳光穿透冰面的那份晶莹剔透和阳光折射出来的七彩光辉。

　　湖边有大大的牧场，成群结队的牛群在吃草，有的在静卧晒太阳，千寻宝宝开始对这群牛兴奋与好奇起来。透过铁栅栏想把手伸进去，我对千寻宝宝的宽容和接纳，让他天生对动物没有丝毫的恐惧感，面对眼前这种体型较大的牛，他也会忍不住想要伸手摸摸，甚至于想要亲吻。正是因为孩子天生对动物的喜爱，牛没有表现出任何不友好，它甚至下意识地把身子靠近栅栏一侧便于千寻宝宝能够抚摸到自己，当千寻宝宝抚摸到牛的脖子时，它本能地会把头往栅栏处贴近。

身披银纱的羊卓雍措静静地守望着它面前的客人，用最壮美的景色化成夺目的礼物迎接远道而来的客人。

关注聚焦在沿途的奇观异景上，全身心地融入大自然，感受它的壮丽多姿、雄伟豪迈；去共振感知大自然的旷世奇美与广袤无垠。

高原反应

在著作《嘘！你是无限的》书中我分享过高原反应，那是千寻宝宝第一次到西藏高海拔地区，走的是滇藏线，那时的千寻宝宝十一个月大，途经海拔在 3000 米以上，最高海拔达 5100 米，我和千寻宝宝都适应得非常好。同时，千寻姥姥也同行，妈妈那时六十三岁，她也没有高反。

书中详细地分享了关于高原反应，以及如何让自己不产生高原反应的知识。这一次，千寻宝宝一岁四个月大，再次去西藏，选择的是川藏线，同样途经海拔相同，最高的海拔是在羊卓雍措，达4998米，历时两周，千寻宝宝和我依然适应得非常好。同行三辆车，我们这辆车的人员整体状况都很好，其他两辆车的人员就感觉不那么好了。

在我看来，他们过于关注高原反应的不适了，他们每天清晨起床第一件事情，吃早餐时议论的不是今天的早餐多么好吃，远在千里之外，时值春节假期，我们仍被素不相识的人们照顾得非常好，有充足的早餐提供；也不是这里的阳光多么闪耀、充沛而温暖，而是身体上的不适——高原反应。而且是带着兴奋感，滔滔不绝地谈论高原反应，完全聚焦在这方面，每天都是如此，途中交流也大都围绕着这个话题，并且非常细致地自我确认，我的不舒服是怎么样的，我的高原反应症状是怎么样的。似乎大家就完全忽略了美景，忽略了太阳，忽略了蓝天，所有的精力和关注都聚焦在了高原反应上。也因此，他们给自己"创造"

了很多的高原反应和身体不适，需要吸氧补充体力。当然吸过氧气之后就会很舒服，可是人们所言所行所关注仍然继续放在高原反应上，这是让我感到既吃惊又有趣的现象。

人们总是，不喜欢一件事情，就反复地要讨论它，而没有觉察到，越多的议论充斥在你的生活中，你就会持续地放大它，扩散它。当然，这也许和我们从小到大接受的教育有关，我们被教导的方式就是这样，习惯性地去关注不好的地方，试图纠正它、改正它、消灭它、对抗它。然而，这往往会适得其反。

所以，我一贯的做法就是，只关注聚焦我喜欢的，我感觉好的，让我感到舒服的美好的人、事、物、景，也因此，我的生活里总是出现数不胜数的美好围绕着我。当你保持觉察时，你会发现，人们似乎习惯把高原反应当作一种病，一直在寻找，好像找着了才是正常的，找不着不正常。不是说要去对抗高原反应，举个例子，假如这一刻你出现高原反应了，身体确实有些不适，你只需要接纳它，因为从平原来到了高原，身体细胞需要有个修复和自我调整的过程，你要相信细胞的强大、顽强和不可思议。你吃进去的每一口食物，无论是怎样的食物，细胞都无条件地帮你消化了，所以，针对高原反应这样的情况，它们当然能够适应，这是毫无疑问的。你要相信它，身体出现了这样的症状，只是在告诉你，它在调整适应当中，你要觉察你给予的所有思想和力量是什么。如果，你给予它信任，就此放下，不再关注了，去关注那些美好的、让你开心的事情，我可以向你保证，高原反应很快就会过去的。同时，你可以用及时吸氧或者用小睡一会儿的方式缓解。

其次，一定要再次强调，正如在《嘘！你是无限的》一书中描写的高原反应一样，你要确保让自己休息好，睡眠是多么的重要，更何况是在高原。要知道，每天二十四小时当中人要用三分之一的时间来睡觉，可见睡眠对于身体来说多么至关重要。一定要确保自己有非常良好充足的睡眠，八小时的时长是要保证的。如果可以，做到早睡早起，睡眠充足了，就像是身体充满了电，整个状态就会激情高昂，活力四射，你做什么都充满了活力，而不是奄奄一息，无精打采，这是两种完全不同的生命状态。同时，早起还能确保有足够的时间吃早餐，吃饭也是身体能量补充的重要形式之一，睡好了，吃饱了，状态自然焕然一新。

所以，充足睡眠，早睡早起很重要，非常重要。

第三点，就是把注意力放在沿途的奇观异景上，全身心融入大自然，去共振那份大自然的旷世奇美，大自然的豁达，大自然的广袤无垠，大自然的丰富多彩。停止或者减少思想的活跃，思想的活跃表现在，你头脑一刻不停地在想事情，纠结事情，试图征服别人，试图证明你比别人好，试图不停地说话。因为，我们经过一整晚的休眠是满电的模式，你的电量消耗到了哪里，也就是你的能量消耗到了哪里。答案是，你一刻不停地思想，停不下来的思想在极大地消耗着你的能量，不停地聊天也在消耗着你的能量，不停地在试图证明你很强大，也在不停地消耗着你的能量。然而，当减缓思考、减少聊天的时候，你把注意力聚焦在美景、美境、山川、湖泊上的时候，这些东西会滋养你，持续给你补充能量，因为它们带给了你惊喜、开心、愉悦、豁然开朗的美好感觉，这些感觉统统都在给你充电，给你赋能。

所以，当然就没高原反应了，丝毫没有。

谢谢你陪我走过万水千山

　　我总是沉浸在千寻宝宝天真无邪的笑容中，他每时每刻都充满着活力、对生活的热忱和渴望，那宁静的睡眠，那良好的食欲，无论什么样的天气，无论去到什么样的地方，无论当时是春夏秋冬，无论是在一个凉风习习的海岛，还是在荒无人烟的戈壁，无论是在峰峦叠嶂的沙漠，还是在洁净巍峨的山川，无论是在五星级的酒店，还是在偏远郊县的招待所，无论是在享受星级酒店的自助餐，还是在路边的小店里喝碗粥抑或在峡谷溪流边野炊，无论是在飞机上，还是在火车上，无论是在汽车上，还是在走路。我亲爱的宝贝，你向我展示了——活着是一种生命至高喜悦的呈现。是我们成年人很多都遗忘了的，以为幸福、开心快乐必须在五星级酒店里才能实现，必须在风景优美的度假海滩才能实现，必须在浴缸里泡着澡才能实现，必须要拥有很多的金钱才能实现，必须要拥有很高的社会地位、很多的名誉、很多的资产才能实现。我不否认，这些确实会给人们带来开心喜悦的美好感觉，可是，你真的要静下来去看一看，这个开心喜悦美好感觉的时间有多久，几乎就是转瞬即逝。所以，以上种种附加在我们开心喜悦幸福前面的条件，完全阻挡了我们拥有让自己开心快乐幸福的本能。之所以我很肯定并确信那是我们每个人的天生本能，是因为透过千寻宝宝，我无数次照见了这个真相，这个真相便是，原本的我们不是这样思考的，原本的我们拥有开心快乐幸福的本能，然而，那么多挡在开心快乐幸福前面的附加条件就像一堵堵墙阻挡着人们去享受每一天每一刻的开心与幸福，让人们远离了快乐和幸福。

谢谢你我亲爱的宝贝，是你陪着妈妈走遍万水千山，是你手把手地教我怎样用一颗简单纯净的心灵去欣赏万水千山的独特、别样和与众不同。在你那里没有评判和对比，没有这个比那个好的概念，你有的只是，这些组成了你生命的独特，独一无二的体验和感受，而不是标签、对比和评判。所有的美好、开心、快乐与幸福都存在于你生活的每一天的点点滴滴里，这万水千山所呈现出的与众不同，雪山有雪山的挺拔壮丽，海洋有海滩的陪伴和海风的吹拂，在雪山之巅，要穿得厚实，如果是乘坐飞机，我们就享受它的便捷、高效和快速，如果是自驾，我们就尽情地享受沿途两岸的风景。我们的幸福在这万水千山里，可以是在这星级酒店里，也可以在郊县的招待所里；可以在某一户村民的家里，也可以在草原上成群结队的牛羊里；可以在冰川边一堆堆的鹅卵石里，也可以在崎岖不平的山路里。

走过千山万水，住过各种地方，他教会我，他唯一的任务是让自己开心喜悦幸福，最最重要的是，开心喜悦幸福不取决于他在哪里。首先，他让自己处于这个喜悦中，他就是喜悦本身。生命从此真正地开花了，开出了那种开心喜悦幸福的花儿，实际上是开心喜悦幸福的内核在引领和驱使着我们这个人进入到万水千山中，便能真正地看见欣赏和享受到万水千山的独特与美好，带给我们的美好感觉、陪伴和滋养。

谢谢你，我亲爱的宝贝。

可怜

　　我在给千寻宝宝喂食面条。这是用旅行电饭锅做的面条，食材极简，只加了一些火腿肠，煮得软软的，他就吃得很香甜，一口接着一口。

　　同行的伙伴见状，对着千寻宝宝打趣道，哎呀，你个小家伙真可怜，只能吃面条。我向同行的伙伴解释，他现在的年龄还小，很多大人吃的食物口感并不适合他，尤其是油和盐过重的话会影响他的消化和吸收，出行在外，我是一定要确保食物是利于他消化的。有趣的是，我并没有一个先入为主的信念认为，你好可怜，你只能吃这个。因为，事实和真相也是，在孩子那里，丝毫不会像成年人那样用复杂的思维去评判对比此刻拥有的这个食物还不够完美，或者说太单一。他兴奋地满足地享受着此刻他正在吃的食物，他吃得很开心。

　　所以，这又道出了一个真相，就是孩子拥有一个天生的本能，那便是与食物产生美好连接的本能，他不会去评判食物，不会去攻击食物。如果这个食物不好吃，他就选择不吃，绝对不会选择在评判攻击对抗着食物的同时又继续吃这个食物。最重要的是，他清晰地知道他喜欢吃什么，他就去吃他喜欢吃的食物。那么多次的出行，让我意识到，如果成年人在"吃"这件事情上让自己备受困扰，那种感觉就是在你还没有吃到食物的时候，这种信念就已经深深地扎根在你脑海，你就已经给出各种各样的评判、对抗和指责，所以，你无法真正地去享受那些食物。如果是持一种敞开的心态去与食物连接，去听从身体的感觉，你就可以做到像千寻宝宝那样，很清晰地知晓你想吃什么，想简单地喝碗粥，吃碗蛋炒饭，吃碗面，甚至这一餐你根本就不想吃任何东西，也不觉得饿。不用吃饭，只想吃点水果，或者方便面，点心，这都是可以的。或者在现有的条件里，如果菜的口味太重了，你也根本不会评判和对抗，只会默默地在边上放一碗热水涮一下再吃，丝毫不会心生出：哎呀，我好可怜呀，没有饭吃，只能吃方便面；我可怜到只能喝粥；我可怜到只能吃一碗面。不是这样的，不是这个概念，当你放下对食物评判抱怨的信念时，只是在吃一碗粥，你也吃得很享受，也很开心，也很满足。你会发现出行在外，在"吃"这件事情上丝毫不会困扰到你。最重要的是，在对待"吃"这方面没有对抗，没有评判时，细胞自然是能感知得到的，你带着愉悦、顺畅、享受、开心的感觉吃，这里面没有任何的纠结和拉扯，对抗和否认的能量在，那么你吃进去的食物就会很好消化，会很好吸收。我强调了两遍，它会很容易地消化排泄出去。如果你不觉察，你就会严重地对抗、评判食物，否认食物的同时又把它们吃下去了，这种对抗、拉扯、怨恨、指责的能量就会在身体里启动，排泄的时候一定是不顺畅的，是不享受的。

此时人们就会说，嗯，是你吃上火了，或者说是你运动太少了，或者说是你喝水太少了，常见的观念和标签会这样来认定，你就信以为真。然而看看我们的孩子们，丝毫没有，这一点在千寻宝宝身上已经应验了很多次。在我自己身上也是，我去了那么多的地方，任何时候，在吃和排泄上我没有任何困扰。真相就是我对这一切没有评判，我跟随我的内心，跟随我的身体，跟随我身体的感觉告诉自己想吃什么，我就去吃什么，哪怕我吃的是方便面，或者火锅。当我非常开心非常享受方便面和火锅的时候，哪有什么上火，消化不良？真相是，上火和消化不良不是食物带给你的，是你先入为主根深蒂固的观念。也就是在你吃那个食物之前，以及在你吃的时候，你一直在不停地给自己灌输会上火、会消化不良的观念，然后带着深深的评判、对抗、指责、抱怨、内疚吃下去了，就形成了所谓的上火，消化不良。

泡澡

环球旅行的体验中，少不了入住酒店，很多时候只要房间里有浴缸，我都会让千寻宝宝在浴缸里享受与水的亲密接触——泡澡。

事实上，他非常喜欢泡澡，有有姐姐也非常喜欢泡澡，他们把泡澡等同于玩水，所以总是很开心。我更相信这是因为人类在子宫中孕育出生，与温暖的水有天生的亲密感，这是一种本能反应，喜欢身体被水包裹的感觉。所以，每当泡澡的时候我们就感到极度的放松和舒服，感受着温暖的水包裹着自己的身体，非常享受。也因此，在条件允许的情况下，我就会让千寻宝宝泡澡。

很有趣的是，在前台结算的时候，遇到工作人员热情地逗千寻宝宝玩，她问我，你是不是在房间给宝宝泡澡了？我说，是的。她说，这里是高海拔地区，通常遇到的客人都不敢给宝宝洗澡。我问为什么？她说，因为人们普遍认为孩子太小了怕着凉，或者说是怕在高原不适应，或者说一些其他原因。我知道有些人对酒店浴缸的卫生状况有担忧和顾虑，所以不愿意去使用它。

通常我的做法是，在千寻宝宝泡澡之前，我会把浴缸再刷洗一遍，也可以烧点开水冲一下，然后他就可以享受泡澡了，没有问题。同时，很多城市的浴缸里都会配备一次性浴缸套供客人使用，所以也可以使用浴缸套。不用过多担忧纠结这个，实际上，在有条件的情况下，给他泡澡，他的身体也会得到极大的放松和滋养，有助于睡眠，他的精神状态和面貌会更加饱满，充满活力。当然，没有条件做到轻松泡澡的时候，我也是完全接受的，只是简单地给他做一下清洁，他也能睡得很香甜。

　　作为孩子，他对这些是没有评判和顾虑的，所以，他总是在一种感觉很好的状态下，享受身边的一切。

蹲下来和他交流

不记得在哪里看到过关于婴幼儿的分析，说的是孩子学会走路后，就愿意更多地自己走路，但他和大人的身高存在悬殊，所以，他的平行视线里只能看到成年人膝盖以下，他看到的家具也是庞大的，不符合与他身高比例相符的黄金比视线。因此，所有儿童类的游乐设施都会设计得非常人性化，是低矮的，适合儿童较低的身高。

对此，我感受很深。千寻宝宝一岁四个多月时，会有很多自主自发的尝试，或者说突破和行为。比如说一个缓坡道，刚开始他是主动拉你的手去上、下这个坡道，当他觉得已经掌握了可以自己做到的时候，他不会再拉你的手。你主动拉他，他也想挣脱，更愿意自己自由地去尝试和体验。在这个基础上他会逐渐扩大体验范围，突然会尝试上一些台阶，台阶比缓坡的难度稍大一些，很巧妙的是，他会示意你，他要上台阶了，当我接收到他这样的信息时，都会非常有觉察地停下手中的事情，蹲下来看向他，给他力量和信心，然后示意他，你可以的，也会告诉他："宝贝，你可以的，去尝试吧。"他就会自发地去寻求支柱和支撑，看看左右两边，看看从哪边可以寻求借力和帮扶。通常情况他会选择右边，扶着某个扶手或者高处的台阶支撑身体，他也就做到了。因为我蹲下来的视线和他完全是平行的，所以他上来的那一刻无比欣喜，我敞开怀抱注视着他，是在大大地迎接他。我大方地竖起大拇指给他点赞，小家伙就会特别欣喜地朝你奔跑过来。我抱住他说："宝贝，你做得太棒了。"

在此之前，当我没有觉察到这个细节时，就没有意识到我应该蹲下来。只是告诉他，你可以的，但是效果和蹲下和他交流的感觉有很大的差别，站着和宝宝说话，给到他的是一种高高在上的感觉。

这个细节让我想起文章开头提到的那则信息，确实给了我很大的引领和启迪，那便是，尽量蹲下来和孩子交流，他会感觉很安全，很舒服，也更有信心。这种感觉也不难理解，试想，如果我们总是要仰着头，仰望那个可以给我们支持的人，仰望着爸爸妈妈，而被仰望的那个人他是俯视这个孩子的。所以，第一，仰望这个动作本身就不那么舒适；第二，俯视的时候，如果你没有及时给到宝宝支撑、鼓励、肯定和嘉许的话，那你给到的很大可能就是严厉、不信任或者忽视、不接纳，甚至是嫌弃的神情。

当我们蹲下来，以平视来与宝宝情感交流与对话的时候，这个感觉就完全不一样，瞬间就变得亲近、亲切、充满了信任感，这是一种包容、抱持、支持的力量。宝宝在这份信任与力量的支撑下，会激发起内在探索的本能。这份本能非常可贵，会不断指引他去和新事物连接，他的胆识和创新能力会得到很好的培养。

如果我们做不到蹲下来平等地与宝宝交流，也切忌这样取笑他："这么一点儿难度你都做不到。"要知道，原本他是非常愿意尝试新事物的，你的取笑、不信任，会浇灭他自我探索欲望的火苗。

这些我在千寻宝宝身上得到了很大的应验。刚才举的是一个例子，其次，我很明显地捕捉到，随着他的长大，当他的表达越来越丰富越来越多的时候，比如，我在卫生间洗漱，他会想方设法去抬高自己的视线，但他不会说，而用行动极力地告诉我，甚至把他的脚踩在我的脚背上，他试图增高视线想看到洗手台上面的东西而非只能看到洗手台的柜门。经过一两次这样的事后，我就意识到，如果我是他的身高，我的视线范围内看到的只是一个柜子，只能看到妈妈的腿，并且都是近距离的，那种感觉确实会非常受阻，很不舒服。所以，我会在洗漱台前摆一个凳子，他可以踩在凳子上。为了确保安全可以把凳子倚靠在墙角，千寻宝宝踩上的瞬间就非常兴奋，喜笑颜开。虽然踩在凳子上他也没法得到和我相同的视野，但已极大地抬高了他的平行视线范围，他就会感觉很舒服，能看到镜子里的他自己，也能看到洗手台上的物品，他会有自由、舒畅、顺畅的感觉。

公共场合里告知他你去了哪里

随着与千寻宝宝出行的次数增多，我也一直在提升做妈妈的觉知和觉察。就意识到，尽管他的适应力极好，但是公共场合，如果我要转身去做别的事情，比如去洗手间，去丢个垃圾，总之离开他的视线范围了，他就会紧张，此时我就会主动地有意识地告知他我要去做什么，可以是蹲下来告知他，也可以是抱着告知他。这个公共场合包括机场、车站、公园的广场、酒店大厅、不同酒店的房间里、车上等等。也许在成年人的思想里会认为，我又没有离开你，我做这件事情只需要短则几秒长则几分钟的时间，我又不会抛弃你，又不会丢下你不管，你着急什么，你怎么这么黏人，你哭什么呀，怎么这么胆小之类的。不是这样的，完全不是这样的。

因为随着宝宝的成长，他在尽最大的努力去适应环境的变化。在这种情况下，他的警觉也一直在伴随着他，这是本能。当你跟他在一起时，他虽没看你只是在玩玩具，但他都能感知到妈妈就在旁边陪着他，守护着他，他也感觉到很安宁，很安全，会玩得很自在。一旦你起身离开他了，他也能感知得到，就会立马变得焦躁、恐惧、不安。所以，我就会在这方面很注意，一旦我要起身去卫生间或者去接热水、丢垃圾、拿某个东西，不管做什么，只要我需离开他的身边，就会告诉他，尽管这个时候他还不能很自如地和你语言交流，但是我会很真实地告诉他，并且是蹲下来看着他的眼睛告诉他。因为在公共场合，很多时候，你只是转个身可能就被墙或椅子遮挡了，比如在酒店房间里，你可能只是去个洗手间，但在他的视线范围内你就消失了。试想，这对一个宝宝来说是多么恐惧的事情，他当然会感到害怕、焦虑和担忧。所以，我会主动告诉他，甚至会在一定范围内持续保持和他的交流，让他能够捕捉到妈妈就在身边，感受到那份连接的存在，让他知道自己是安全的。

　　如果外出，我也会尽量拉着他的手，他会觉得很安全，情绪很稳定。这个时候你会发现，尽管不停地换地方，尽管不是固定在家这个熟悉的环境里，但他也会适应得很好，天然地展示着良好的适应能力。

年在心里

　　千寻宝宝人生的第二个新年，全家相隔万水千山：有有姐姐不想去寒冷的西北，先生也更想待在家里享受自在。所以，我与千寻踏上了去西北的行程，在小年夜这天抵达了敦煌，并与语佟相约，两天后启程去第一站——无人区罗布泊。

　　经验丰富的亚男亲自带队。他曾多次前往罗布泊，拍摄过相关题材的电影，酷爱野生动物摄影，也因此，我们非常荣幸由他带队前往罗布泊。

　　全车包含千寻宝宝在内，四人赶到了格尔木欢庆新年，年夜饭四菜一汤，外加特意给千寻宝宝做的蒸鸡蛋羹。我们吃着瓜子、花生，举起水杯，天南海北的四人在这无法预知的时间、地点里完美相聚。至今回想起都充满着奇幻的色彩，那么有趣，别样，简单，开心，满足。

　　年在心里。也许只有像我们这样主动卸下对"过年"的执着，或者像孩子那样根本就没有"过年"的概念，他每一天都确保自己是在开开心心，激情四射，满足欢喜的状态里，他就天天在过年。如此，才能洒脱。

　　年在心里。如今，不止千寻宝宝的生命状态如实如是地谱写着欢庆生命每一天，我也时刻让自己保持与孩子一样鲜活的生命状态。于我而言，确保我所拥有的岁月里，每一天都充满活力，喜悦开心地活着，我就是在欢庆生命，给自己过年。

年在心里。对父母的陪伴和关心，我更多地放到了平时的互动交流里，教他们熟练掌握了微信，平时联系就方便多了，视频里关心关爱父母也令彼此感到很欣喜。我的父母总爱通过视频与千寻宝宝互动，增添了无尽的美好与感动。平日里，我们尽量多地抽时间回家看望父母与他们相聚，并叮嘱他们要感恩生活，看到并感恩自己所拥有的，看到并欣赏自己的优点和长处，让自己活得开心喜悦。不是一两次父母就能被改变的，需要一个感染引领的过程。现在我的爸爸妈妈也学会了多做令他们开心喜悦的事情，凡事都能看到美好积极的一面，他们热爱锻炼身体，妈妈还爱上了跳舞。我总是和他们说，你们做得太棒了，你们的身体那么年轻强壮，不是过年才能让自己开心快乐，才允许自己开心快乐，而是活着的每一天，我们都有权力让自己活得开心快乐。过年不止在大年三十这一天，而在每个人的开心喜悦里，在每一个团聚里。

年在心里。家人们看到我与千寻宝宝如此开心快乐，那么绽放耀眼，他们就没有指责我们过年还要往外跑，反而热衷翻看我俩的精彩行踪，开始主动询问我们在路上的见闻与经历。无疑，这份开心的美好感觉完全流淌到了千里之外的家人那里。除了爸妈、先生和女儿，连读高中的外甥女都被我们的鲜活与绽放感染了。我总和他们说，享受好每一天，让自己过得开心快乐，你就是天天在过年。

因为，生命美好，你有权让自己活得开心快乐，你值得拥有开心快乐的人生。

最终什么是你的

走遍万水千山，领略山川湖泊，踏上荒漠戈壁，前往神秘无人区，驻足神山圣湖，心胸扩张到无限大的时候问自己：最终什么是你的？

在不同的民族信仰下，在不同的村落环境中，在这一路四季交替的变换中，在风雪雨露的涤荡中，在戈壁的荒凉、城市的喧嚣、森林的生机、大海的波澜壮阔中，什么是我们的？

实际上，没有什么是真正属于我们的。我们只是这世间万千变幻中的一位过客，一位经验者，一位欣赏者，一位体验者。我们并不能拥有所有的一切，哪怕是千寻宝宝陪着我去经历这万水千山，我也不能拥有他，我拥有的只是我与他在一起的感受。我在路上的感受，我在欣赏风景时的感受，我在感受寒冷的感受，我在欣赏大自然旷世奇美雄伟壮丽的感受。对他也是一样，他也不能拥有什么，他唯一拥有的就是他的体验和感受。

所以，这所有的体验和感受组成了我们的每一天。

感受分为喜、怒、哀、乐、悲、苦、情，这些都是感受的细节，既然我们只能拥有感受，我们的生命总结下来就是在一个又一个的感受里的话，那何不为自己创造更多喜悦的、美好的感受呢？让自己感觉好的感受呢？我就是这样做的。所以，我不会去等待，不会去期望，不会去寄托，也不会去后悔去哀叹，我只会让自己的每一天都经历好的感受，美好的感受。

　　也许你会说，在游山玩水中当然会收获到美好的感受，而我生活在水深火热当中呢，体会不到美好的感受。

　　这是一个很好的问题。实际上这也是困扰了许多人们的问题。而我想把答案尽可能说得清晰简单直白，那便是，世间的一切都没有标准和统一答案，即没有唯一的答案，或者说并没有真正的意义，而你选择用什么样的视角去看待和定义尤为关键，那意味着，任何的情境和事件里都可以找到多面性，而美好愉悦一定藏在多面性中，即，喜、怒、哀、乐、悲、苦、情都藏在了事物的多面性中，它不取决于情境，而取决于你选择什么样的视角去解读。因为，无论你选择什么样的视角，你就将经历与之匹配的体验和感受。

你关注的是什么，你的生活就是你关注的样子

车子每天穿梭在青藏高原，亚男说，沿途的雄伟山脉，山顶间的雪峰交错就是每一天的风景标配。一路可谓赏遍了祖国的大好河山，会经历四季的交替，有的路途下着雪，有的路途艳阳天，各种奇观异景会不停地映入你的眼帘。也因此，每天在路上的我非常兴奋与开心，惊叹大自然的神奇，惊讶赖以生存的家园——地球的广袤与富饶，壮美与雄伟。

一辆车就载我们四个人，有趣的现象便发生了。每天早上亚男会说，哎呀，牙疼，就开始到处找药吃，有时候早上吃过一次药还不够，得连续吃好多，消炎的止疼的混成一小撮往嘴里塞。每天如此，忍着疼痛载着我们前行。除此之外，还会听到他说，哎呀，晚上太热了没有睡好；或者，晚上太冷了没有睡好；或者，太吵了没有睡好。通常我会默默地戴上耳机聆听我喜欢的英语，或者能够让我感觉好的音频。

借此篇开头，我想说的是，亲爱的读者朋友们，如果你是我的读者，在这新的一年里，新的一天里，我真的想真诚地对你说，把你视作我的家人，真心地对你说，我们要好好爱自己，因为身体是我们这一世体验吃喝玩乐、工作生活的载体，所以，务必要爱好它，呵护好它。

我尝试着和亚男说，你要学会爱自己呀，要给自己的身体吃它喜欢吃的，喝它喜欢喝的，显然药物一定不是身体喜欢的。身体喜欢的

是关心它、爱护它，给它洗澡、给它抚摸，欣赏它、赞美它、感恩它，而不是天天去找药给它吃。你要知道身体是一台无比精微的仪器，它是自动自发地在运转，非常精微非常完美，没有一点点的瑕疵，事实上想让它生病是很难的。一旦出现这疼那痒了，不是它坏了，而是它在给主人发信号，因为我们的身体无条件地爱着它的主人，主人给它吃什么，它都会尽最大的努力为主人消化。比如说你抽烟喝酒，它也会无条件地爱你，接纳允许；比如说你吃辛辣口味很重的食物，吃很多药物，出于无条件地爱你，它也会接纳允许。然而，每个人都知道，人体是由70%的水构成的，所以水是我们的生命之源，对每个人的身体非常重要，因此，每天有必要喝大量的水，可是你不给它喝水还要吃大量辛辣的食物，抽烟喝酒，熬夜，吃药打针。等积累到一定的周期，达到一定量的时候，身体就无法继续承受，于是会智慧地给你发信号。亲爱的，不是它不行了它不好了它坏了，而是它把这些信号转化成你能感知得到的一种语言，尝试着和你沟通，并且尝试过很多次，你都置之不理，选择忽略它。那你根本就不爱你的身体，不珍惜你的身体，不欣赏感恩你的身体，不但如此，你还要给它冠以这样那样的病名，说，你是上火了，你气色不好，你消化不好，等等。实际上，如果能够抓住身体发出的这一次又一次的信号与它对话，把自己的生活做相应的调整，它马上就会呈现出完美无瑕的生命状态回馈给你。

之所以这样说是因为我有太多这方面的真实体验和经历了。曾经我不爱自己，不珍惜身体，不欣赏感恩身体，没有按着身体的感觉去吃它想吃的食物，不注重喝水去清洁身体内部循环系统，不注重休息等，身体就时常发出不同的疼痛和不适的信号来提醒我。然而，随着我对身体的珍爱和重视以及自我觉察的提升，我总是吃它想吃的食物，大量地饮水，良好的作息，适量地运动，如今我的身体空前完美，精神状态异常饱满，总是活力十足，激情四射。

不是说，这个要在家里才能轻而易举地做到，在路上就不容易做得到，并非如此。首先要改变自己这样的一个认知和观念，当然，在家的时候实现这些更容易、更轻松，所以我会侧重来说出门在外是怎么来实现这些的。那就是，早上起床，我是一定要喝水的，通常两杯温水，因为身体经过一整晚的休眠，细胞需要补充水分。一方面是补充水分，另一方面是它会帮我们的身体做内部的清洁和清理。如果你足够觉察的话，会发现早上大量饮水后，很容易就排泄掉身体里的残留物和垃圾，身体感觉轻松轻盈。另外，早餐我会选择清淡的食物，加上蛋白质的食物就可以了，会吃得很满足很享受。我会特别重视早餐，会认真地对待吃早餐这件事情，并不是说要花很多的时间在这上面，如果有条件的话我会选择吃蔬菜、水果、蛋白质和主食；如果没有条件就喝粥吃包子，都是可以的。所以，人们总是在赶路的过程中匆匆忙忙地吃早餐，或者根本就不吃早餐，为了节约那点时间，在他们的行为里给到我的贡献就是，我要爱惜我的身体，身体是我体验一切的前提和载体，我必须无条件地爱它珍惜它，我必须无条件地欣赏它、感恩它带我走遍万水千山，去欣赏各处的壮丽与辽阔。

其次，就是尽可能地给身体补充水分，这真的非常重要。前面已经说过，每个人都知晓身体70%由水构成，可见喝水的重要性。我几乎是每次回到房间，都先让自己喝一些水，水非常有助于身体内部的清洁，它还有一个重要的功能就是辅助消化，所以，当你稍稍地调整自己的饮食习惯，就会发现，即使出门在外，或经常在旅途中，你的消化吸收及排泄也是完全顺畅，没有任何困扰的，都是轻而易举的。所谓的上火，这里疼那里痒的症状是不存在的。

这一切结果的呈现取决于身体主人的关注和行为，如果你愿意选择吃药打针去对待它，那么身体的机能一定会越来越弱化，逐步走向衰退和恶化。如果像我一样，选择去欣赏它，祝福它，赞美它，感恩它，给它吃轻松好消化的食物，给它做好内外部的清洁，听从它给你的指引和心声，它喜欢吃什么，它对什么食物感兴趣，就去吃它告诉你的那些，我可以向你保证，每个人都会拥有完美无瑕的健康，这是一定的。

这也是我在书中一贯倡导的生活方式，最佳的一种生活方式。你不需要去关注养生、康养、保健之类的，也不需要去听从专家或者营养师的指导，唯一需要的就是跟随自己的内心爱好你的身体，发自内心地去欣赏它、爱惜它、珍惜它、感恩它，它带你走过那么多精彩的地方，体验了那么多美妙的事情，你只需要把视角和思想转移到正向美好积极的方向就可以了。

同时，也想告诉你们，我所说的这些并不是我从书上学来的，或者是从别人那里习得的，这是我多次的亲身体验和收获，从怀孕到生产到养育千寻宝宝，到我带他去了那么多的地方，我们一起环球旅行，一路经历了风霜雨雪和不同的风土人情，在这所有的体验当中，我所分享的就是真实的自己。

而此次川藏之行，更是对我所践行的生活方式的再次回馈。做起

来是如此简单，是每一个人都触手可及的，我们的健康真的是由我们
自己一手打造的，从今天开始来维护，欣赏、确认属于自己的完美健
康吧，你值得拥有。

觉察你的时间都去哪了

再次独自一人带千寻宝宝出行是在2021年农历春节前夕，我与朋友相约敦煌，沿敦煌途经青海、新疆、西藏，途中体验了越野车穿越无人区。

每天的行程徘徊在二百至四百公里之间，如果是穿越无人区，两百公里的行程相当于在公路上四百公里的行程。当然，穿越无人区的震撼和罕见景观令人万分兴奋和愉悦，也令我更加热爱珍惜现实生活中每一天的平凡与珍贵。所以，无比感谢带我们进入无人区的领队们。

我承认带宝宝出行要比不带宝宝出行会多出一部分需要准备的事情，比如随时随地陪伴着他，洗换，吃，喝，拉，撒，睡，不但要确保你自己的，你还要确保宝贝的，要同时保障好两个人的生活都被照顾得妥帖舒服。带千寻宝宝出行，在行李方面我会做到极简，一只大行李箱，一个背包，就可以满足我俩的所有物资需求。行程中，每天二十四小时我几乎都是和千寻宝宝在一起，吃住行玩乐，不免要长时间地坐车，体验天气的变化，会有高原，会刮风，甚至会有雨雪。然而，真切地跟大家分享，我的精神状态是全出行团队里最饱满、最有激情、最精力充沛的，途中我几乎很少睡觉，就想关注外面的风景，或者聆听一些学英语的音频，或者只是静静地感受千寻宝宝躺在我的臂弯里睡觉，只是这些，我的感觉就去到了非常好的状态。那，是什么促使我能有饱满而精力充沛的精神状态呢，这里面有什么秘诀吗？

　　是的，有秘诀。然而这个秘诀我要是分享出来，你听到时，你就会觉得，太简单了，可能很多人都会不屑于重视它，可真相就是这么简单，强而有力。那便是，第一，我会保证早睡，睡得早自然就起得早，早睡会确保我有非常充足的睡眠，而良好的睡眠能够让我的身体有一个完整的能量补充，这个是非常非常重要的。绝大多数的人们很难做到早睡，可能受生活习惯影响，很难做到早睡，但会在吃饭上花将近两个小时的时间，聊天上又花掉一两个小时的时间，玩手机又会花掉一两个小时或者更多的时间，很容易就到深夜十二点或凌晨一点再睡觉。又因为在睡觉之前大脑有过多的思想活动，比如说吃饭在不停地说话，消耗着精力；聊天也在不停说话，也在消耗着精力；玩手机也同样地，它是在消耗着精力。消耗精力也意味着消耗自身的能量，以致在睡觉的那一刻，头脑还处在兴奋活跃的状态，不能快速地进入睡眠。第二天早上又要早起出行，这样的睡眠就会处于一种不够完整、不够深层、不够集中的状态，人体的能量补充就没有办法达到非常饱满的供应，会显得缺乏精神，无精打采的样子，这是关于睡眠方面。

　　第二，由于我睡得比较早，一般晚上不参加大家的晚餐聚餐活动，自然省去了很多聊天的精力消耗，我也不玩那么久的手机，这些就为我节约了很多能量，或者说减少了很多精力的消耗。由于你能量特别聚焦，只聚焦在极简的几件事情上，而不是无限制地分散消耗出去，因此你也不容易感觉到饿，所以一天两顿饭就够了。晚餐我是不吃的，最多是吃一些简单的轻食或简餐，身体会感觉很舒服、很轻盈、很有活力，所以我就不想在聚餐上消耗两个小时或者更多的时间。我知道一旦我走向那个消耗能量的方向，势必就没有足够的精力去维护好自己的身体，更没有足够的精力去带好千寻宝宝。

这是很重要的，你们要很觉察。当你进入觉察你会发现，它真的就像手机电池一样，你不停地在说话在聊天在使用手机玩游戏，停不下来的时候就像你在使用手机一样，所以电量消耗得很快，也就是精力消耗得会很快。由于我主动停止了这些，不让自己去到这样的方向，所以我本身的能量消耗就很少，我就会很放松很宁静地进入睡眠，可以说我是主动式进入睡眠。

这个能量的消耗也就是精力的分散可以用一个形象的比喻，就好比车子加了一箱油，我们经过一整晚的睡眠是加满油的状态，这一天里你去了哪里，也就是说你做了什么，决定了油量的消耗。随着车子的使用，去到的地方增多，油在持续地消耗着。由于我只把注意力投散在极少的几件事情上，也就是我这辆车去到的地方很少，我不会这也去那也去，不会让自己忙得团团转，因此我的耗油量就很少。其实生命能量的消耗跟这个逻辑是一模一样的，只是生命是时间，一天二十四小时，睡觉是在补充能量，等于给车子加满油；白天的所说、所想、所念、所关注就是在消耗能量，相当于车子去了哪里的耗油量，是一模一样的。高度觉察你的所说、所想、所念、所关注，你就会有意愿主动舍去很多与你无关的消耗，自然腾出大量的空间，释放出更多的精力和活力。

清晨起床身体完全是一种饱满的状态，似乎身体被滋养供养得很好，睡眠很充足，能量满满的，就想迫不及待地投入到迎接这新一天的怀抱当中，是这种感觉的。我就有足够的精力来照看好我自己，同时照看好千寻宝宝。

　　所以，同行的朋友们看到我这样的状态总是很惊讶，我也给他们分享了这个简单实用的强大秘诀，真的很好用很管用，大家完全可以在生活中试一下，便能知道它的微妙与强大。

　　我总是有充沛的精力给予我自己，给予千寻宝宝。也因此我总是在这里面收获到无限的开心、喜悦、好玩、乐趣，那我的开心、喜悦、好玩、乐趣自然而然地就流淌到千寻宝宝那里，他就会表现得更加欣喜，总是鲜活而灵动。而这，是我们陪伴彼此，能给予对方最好的礼物。

玉树

　　到达玉树之前，我对这个城市的全部了解就是它是地震后重建的一座新城。

　　清晨，我与千寻来到楼下的街角转转，想细致地感受一下这个全新的城市。阳光异常明亮，洒满大地，鲜亮清透的感觉。不远处就是雄伟的山川守护着这座城，城市的街道、建筑、设施等等，是一种清新的感觉，街道整洁干净，散发着一种舒服的气息；我不禁心生对祖国的敬畏，她快速地重建了一座城市，保障了百姓安居乐业。

　　离开时，途经玉树地震遗址展示区。展示区坐落在如今繁华的街区中央，展示的是曾经真实的场景，并非人工模拟还原。那些损毁严重的建筑，倒塌的房屋历历在目，清晰可见。车子只是驶过那里，我并不需要走近参观，透过双眼，我已清晰地知晓简单而伟大的真理，那便是珍惜珍爱活着的每一天。确保自己是跟随自己的内心指引去到的方向，是开心的，感觉好的，去到真正成为我想成为的样子的地方。并不是，只是知道这个极其简单而伟大的真理，而是觉察让真实的自己过好生命里的每一天。

　　每当这样想的时候，我立即就感觉到生活不可思议的美好，身边出现的一切都在最大限度地支持着我：乘坐的交通工具载我去到任何想去的地方，太阳给人间带来光明与温暖，我呼吸的每一口空气都那么新鲜，沿途的山脉，冰冻的河流，山尖的白雪，草地上成群的牛羊，天空中的云彩，此刻一切出现在我生命里的可不就是为了让我欣赏并带给我美好感觉的嘛。或者说，我是这样感受到的，而事实上，身边的千寻宝宝就是这样展现给我看，他作为生命——人的初始状态，他时刻就是这样活着的，总是在欣赏着喜爱着在他周围出现的一切，尽最大可能地在那里发现并收获属于他的开心快乐与好感觉，永远不会把开心快乐寄托在未来某一天的幻象里；永远都不会让自己处在视而不见的漠视里，哪怕他面前的是漫漫黄沙。所以，经由他，我忆起了，这份本能就在我的内在，我本就拥有，因此我可以极富热忱地像孩子一样，与此刻在我生命里出现的一切好好地玩，有乐趣地玩。你就不会再想去评判、否认、对抗此刻出现在你生命中的任何事物，你也不会轻易羡慕别人有而你没有的。而最重要的，这不是关于我，而是关于你，经由千寻宝宝，千真万确地，映射出你的内在也拥有这份本能；再进一步，是每个人的内在都拥有这份本能，都可以让自己像孩子一样极富热忱地与此刻出现在生命里的一切尽情玩耍。

浓缩成一句话便是，此刻这里就是你，全部的你！

真正的你不在明天，不在昨天，不在某个期待里，不在某个结果里。你永远只能存活于此时此刻的这里，在当下。别无选择。

最先吸引我的是不远处的一户藏族同胞家，几个孩子
在门口玩耍，跑来跑去，他们也看到了我和千寻宝宝，
一股莫名的好感带着我俩向他们走去。

孩子们的礼物

　　车子停在了玉树昂赛乡的山脚下，依山傍水的绝美观赏点，与瑞士的山脉峡谷别无二致。

　　最先吸引我的是不远处的一户藏族同胞家，几个孩子在门口玩耍，跑来跑去，他们也看到了我和千寻宝宝，一股莫名的好感带着我俩向他们走去。

　　见到的那一刻，千寻宝宝朝他们飞奔而去，孩子们也特别开心，露出纯净清澈的笑容。大一点的孩子十来岁，小一点的三四岁，几乎就是在瞬间，我们完全融为彼此，欢乐地玩耍起来。最大的孩子主动邀请我们去他们家里坐坐，我也很想深入感受一下藏族同胞的生活，便欣然前往。屋子里暖暖的，很干净，围合式的沙发上铺着五彩的垫子。时值新年，一进屋便看到桌上摆满了点心和零食，房主和小男孩热情地拿来水果和甜茶，千寻宝宝毫不客气，开心地享用对我们来说新奇的食物。甜茶很醇香，我不但喝出了醇香的感觉，更感受到了来自遥远藏族同胞的热情与关爱，一股又一股的暖流浸润着我的心田。

　　与他们待了一阵子，没有太多的交流，只是感受那份彼此间的新奇与美好感觉，无论是他们作为爱的给予者，像天使一样陪伴着我；还是我俩作为接收者，享受着这纯朴的爱的暖流，都是一种喜悦的能量在共振在交融。

　　临别，我们一起拍照，孩子们的笑容陪伴着我，这份莫大的礼物令人心醉令人动容，那份美好穿透心田，滋养着我的每一个细胞。我也毫不吝啬地把我最纯真的眼神和笑容，美好的爱与祝福送给了他们。

允许自己发光

　　欣赏完拉萨山南羊卓雍措的旷世奇美，车子从海拔4998米的地方匀速环山而下，到达中段的一个家庭商店前停靠休息，我顺便带千寻去商店买零食。

　　店里的一幕极为打动我，以致很久以后回到家中整理书稿，那个闪亮而清晰的画面，美好又纯洁的笑容还在脑海中回荡。

　　商店很小，店面打理得干净整洁，给人一种舒服亲切的感觉。店里有个十几岁的小姑娘，普通话说得不标准，甚至说不好普通话，但她的笑容很纯净，非常清澈。我隐约感觉到她的身体略有一点残疾，可能是腿或脚，行动不那么方便，有只眼睛也有点斜视的感觉，也就是说她的身体外形以及五官轮廓，并没有非常出彩，可是她由内而外散发出来的笑容却极为打动我，有一种光芒闪耀的感觉。要怎样形容那份散发着的光芒呢？就好像她闪闪发着光照射着周围，照射着来到她生命里的一切。所以，这个画面给我的印象特别深刻，让我心生欢喜，也很感动她在这个不经意间，这个极其不起眼的瞬间带给我的极大贡献和滋养，我完全体会到了这份美好与欣喜，那便是，我们每一个人都可以活得绽放闪耀，像光芒一样闪烁着闪耀着，这份光芒的绽放，它真的不关乎于你的五官是否漂亮，身材是否完美，肤色是白还是黑，它真的不关乎于这个。它也不关乎于你是否拥有家财万贯，是否拥有很大的事业，是否拥有很高的权力，是否拥有很高的名望，它也真的不关乎于这个。就是那种闪耀、闪光是存在着的，没有沾染任何的附加条件，它就是允许自己去闪耀、去开心、去喜悦、去绽放地活着。仅此而已。

所以，我收获到的巨大礼物就是，我，要更加允许自己活得闪耀、绽放、夺目，在这份闪耀、绽放、夺目、喜悦里没有任何的附加条件，把常规定义里的那些五官、身材、权力、事业、地位、名望统统去掉。它是生命散发着的一种独特的光芒，是巨大的满足和喜悦，是非常宝贵的一种存在状态，那里充满了喜悦、开心、满足，是生命至高无上的荣耀。

在那个女孩身上，她呈现出的生命状态完全不亚于一个三岁宝宝，这显得非常难得且珍贵，尽管她拥有的并不多。

试想一下，我们刚出生时就拥有开心快乐的生命状态，在长大的过程中开始学习，再到为工作事业拼搏，我们拥有的会越来越多，在这里我们稍作停留，回到内心深处，去认真地看看，拥有那么多，追赶那么多，为的是什么？我们想拥有更多的金钱，房子，车子，名望，权力，为的是不是让自己生活得更开心、快乐、喜悦、幸福？这个真的很好，随着年岁的增长，我们确实拥有的越来越多了，却失去了那份内在纯然的，可以轻松拥有的那种开心、喜悦、绽放、闪耀的美好感觉。

在山南这个女孩身上，我完全收获到了。我很惊喜，很开心，也很感谢她默默地来到我的生命里给予我一个无价的馈赠，以至于过去好多天，她的那份纯然那份闪耀与喜悦仍然无数次地浮现在我的脑海，并透过我告诉更多的人。首先我们要允许自己开心快乐，闪耀夺目，你才可以轻松拥有并完全接收到了这个信息。我没有任何理由，让自己去到负面思想里，去到那种苦闷、焦躁、抱怨、指责、不开心的情绪里，我有足够的理由让自己每天活出女孩的状态，就是无条件地允许自己开心、喜悦、绽放。记住，是无条件的。

当然，这也与传统教导完全相反。传统教导的开心、快乐、喜悦的前面需要有无数个条件，是无数个条件，达到了一个条件你可以开心一下子；然后立即奔赴下一个条件，下下一个条件，那是有无数个条件，生命在这些追赶里流逝。这无数个条件完全阻挡了你去到开心快乐的方向，所以，你要停下来看看，这是否是一条适合你的道路，如果不是的话，请把这些条件放下，直接朝向开心快乐的方向，这才是爱自己，活出自己，珍爱自己，珍惜自己。

就好像那个画面一直在脑海中翻滚，就好像它在时刻提醒我，哇，你太值得让自己活得开心喜悦、轻松绽放了，你太容易让自己活得开心喜悦、轻松绽放了。除非你不想要这样的生命状态，除非你不允许自己展现这样的生命状态，否则，你没有理由不开心、不快乐、不轻松、不绽放呀。

生命效率

怎样度过这一生，方法有很多，相信每个人都有各自不同的活法，那我们就来探讨一下。

最近我开启了新方法来学习英语，在此之前也在不同的APP上学习英语，但没有坚持下来，收效甚微。而这一次非常不同，我们老师给的方法是完全有别于以往所有的方法。他有句学习英语的推广语是：方法不对，努力白费。

众所周知，我们从小学、初中、高中、大学，都在学英语，并且普遍方法是记单词，记音标，记语法，在这上面花了很多时间，然而收效甚微，即便大学毕业，也很难实现流利地对话，即哑巴英语。究其原因，我的老师直指核心，因为听不懂，一是听不懂外国人说的是什么，二是我们说的英语对方听不懂，因此，老师教我的是攻克这两大痛点，打破传统英语学习的方法，不要再把宝贵的时间用在背单词、记音标、记语法上面。老师给到我们的方法很简单，就是直接听原版英文音频的对话，并且是反复听。做到反复听，你就能听懂，在听懂的基础上你再去模仿发音，在模仿的基础上再去背诵，就这么简单。这样做的核心是，一能听懂外国人的英语表达，二是自己开口说的是纯正的英语，对方就能听得懂，不再是哑巴式英语了。差不多只用了一个月的时间，大概六节课，我的英语有了飞跃式的提升，教材上未学的课文我不能百分百听懂，但是我能够听出大部分老外说话的语感，明白大概的意思，这是非常了不起的。并且当我开口说时，能说出一口纯正的英语。

回到主题，我们要说的是生命效率，也就是度过一生的最佳的方法。平均算下来，每个人生命的光阴是差不多的，请问什么样的方法能够让我们在一个相同的时间长度里，把它像刚才学英语的例子一样，实现事半功倍呢？这是一个值得去弄清的话题。因为如果你早日拿到最佳的方法，毫无疑问你生命的宽度和广度也一定是最大最好最佳的。

很好的例子，今天在兰州机场就遇到了突发的情况。我和千寻宝宝从郑州起飞经兰州转机到敦煌，在兰州机场遇到转乘航班临时取消，并且是在飞机落地兰州以后才收到的消息。对于这件事情的发生，我会看待它是生命中的无常，没有什么大惊小怪的。我们的人生实际上是无法用头脑掌控的，本身就是活在无常当中，所以对于无常，我惯用的做法就是接纳它，允许它。然后，我问自己，接下来我要去哪里？当这个问题抛出来，答案就会很清晰，我要去敦煌。OK，我就选择重新预订兰州至敦煌的航班，轻松地完成了订票，没有陷入航班取消的懊恼情绪里，执着于它为什么被取消，为什么不提前通知，为什么突然才发信息，接下来怎么办，这个航空公司服务太差了，我是受害者我要声讨等等。我没有在种情绪里去消耗和停留，而是直奔此刻我想要什么的方向。新的这班飞机，在八个小时以后起飞，当天只有这一班，我也是欣然接受的。我告诉自己接下来的八个小时里，我要开启生命中全新的体验了，就仿佛我给了自己一个在机场工作八个小时的机会，工作内容自己定，没有领导约束，我就是我自己的领导，唯一的任务就是让自己在这八个小时里活得开心喜悦。有趣的是，瞬间，我就释放了所有的情绪，立即投身到这份全新的体验当中，感觉这个机场就是为了此刻我来体验而建的。

其实，在走出机场的时候，我也遇到了同乘人员在愤怒地打电话指责航空公司，激烈地争论这件事情，而我没有参与其中，只是转身离开了那里，坚定地走向我要去的地方。

你看，到此，不难理解，这是两种选择，当然，我们可以有更多种选择，比如原路打道回府是一个选择；在兰州住一晚，次日启程也是一个选择；投诉航空公司，也是一个选择；打电话和家人诉苦、抱怨一通也是一个选择；和空乘争论一番也是一个选择。只是哪一个选择会给自己，记住，不是给他人，给自己带来更多的和平和内心的宁静，哪个选择会给自己的生命带来更多的混乱、情绪、愤怒和不开心呢？这是显而易见的。所以，这件事情要怎样看待，取决于你的内心想要体验什么。事情发生的那一刻，你要学会稍作停留，给自己留出觉察的时间。自我觉察是相当重要的，问下自己此刻想体验什么，而不是惯性地让头脑产生指责、抱怨的情绪。是的，你可以暂停一下，问自己，我想要什么。就跟随内心的方向，同时关注自己的情绪，我相信没有人在有意识、有觉察的情况下还会主动选择给自己的生命带来情绪和混乱的人、事、物，因为那个方向是极不开心的。

实际上，我们每时每刻都在创造自己的人生、自己的生命状态，要有觉察，让自己主动选择活在和平、开心、好的感觉里，这是生命高质量的创造和呈现。

当我欣然接受事情发生的时候，我心里就不会升起对抗情绪了，就安心地在机场候机厅好好休息，与那里的一切同在，享受在那里的时刻。我带着千寻转了机场所有的角落，没有对抗，没有焦虑，没有左顾右盼，也没有心神不宁，就好像你很容易释然，很容易接受，很容易与那个当下在一起，很容易与那个无常共舞。不要试图去改变无常，对抗无常，否认无常，这些只会积累无限的负面情绪，最终伤害到自己。

当然，能做到欣然地接受无常与无常共舞，让自己时刻活在好的感觉里，活在开心喜悦的顺流里，这也不是一天就能做到的，是需要经历一个学习成长改变的过程，然后才能自然而然地呈现良好的生命状态，轻松地做到接受无常。我想对亲爱的读者朋友们说的是，你如果也能做到，那么真的要恭喜你，你会给自己创造出许许多多开心喜悦的好事情。假使你现在做不到，也请不要评判自己，对抗自己，就静下心来看一看，哦，原来在这里有不同的应对方式，有别于你惯用的方法，重点是，哪一个方法让你感觉更好，你是否愿意尝试呢？这是值得我们为之努力的。

相信，你会爱上这样的人生，这是完全轻松的顺流的人生。

胆怯是从哪里来的

　　让我们一起探讨下孩子的胆怯，以及每个成年人，他的胆怯、恐惧是从哪里来的？

　　我刚刚和千寻宝宝体验完沙漠的越野冲沙，在敦煌的月牙泉，是当地的一个朋友开着越野车带我们去到的。

　　车子需要穿过一段结着冰的溪流沙地，才能到达沙漠脚下，冰面在阳光的照耀下反射着银色的光芒，洁白而耀眼，寂静伴随着冰面上的冰花，形成辽阔的时空，令人心生喜悦。

　　在等待车胎放气的空档里，我和千寻走到近冰面的边缘，踩在湿润的沙滩上，我给他递去一个小树枝，他愉快地戳着冰面和沙滩。我被晶莹剔透的冰面深深地吸引，忍不住伸手掰下一小片薄冰，放在千寻手里，让他感受这份冰爽和清凉，他拿着洁净的碎冰花往嘴里放，还没递到嘴边呢，他就喜滋滋地吧唧嘴巴，我也忍不住，往自己嘴里放了一两片，清凉美好的感觉立刻进入心田，感受到了别样的欢喜与满足。

　　冲沙项目大概完整地玩了四十分钟，有缓坡有高坡。缓冲和俯冲相间，还会伴随着侧弯，我感受到了车子在高低起伏的沙漠中与沙玩耍共舞的感觉。很像一艘小船漂泊在海面上随着海浪起起伏伏，只是冲浪项目远远比那个幅度要大得多。

　　这是我第三次体验沙漠越野车冲沙了，我仍然充满着兴奋和期待。这对千寻宝宝来说，他是第一次体验这样的项目，所以我有认真地观察他，看到他没有丝毫的恐惧或担忧，知道在车里面享受大幅度的颠簸和摇摆，以及冲沙时波浪式的感觉。我抱着他坐在我的怀里，他的身体会随着车子冲沙的晃动和节奏而摆动，兴奋的时候手舞足蹈地尖叫。

　　所以，重点来了，我们在很小的时候，也是没有恐惧的，对体验任何项目都充满了期待和兴奋，总保持着一种新鲜、好玩、热忱在心里，那里面充满了兴奋和期待，而不是对抗、拒绝、恐惧、害怕。

　　有些孩子长得大一点了，就不敢再体验稍微刺激一些的项目。或者成年人不敢体验这样的项目，这是为什么呢？我希望大家能够敞开心扉觉察自己，孩子作为一张白纸，同时作为一个无限可能，对自己是没有任何限制的，这意味着他有百千万种可能，然而长大了，就处处受限，这个不敢，那个不敢，这个不行，那个不能，永远处在恐惧、被动、不安全感中。这个到底是怎样形成的呢？成年人和抚养者，给了孩子太多的灌输，从还抱在怀里的时候就在不停地灌输，这个不行，你不能做，那个不能，你做不了，你太小了，这个不行那个不行，这个不能那个不能，如此种种，太多太多了。对孩子来说哪怕是一个小山坡，一个小石堆，一个缓坡，他也好奇，他迫切地想跑上跑下，他觉得他可以轻松做到，但你都极力地阻止，心生担忧、恐惧、不信任，甚至直接打压、否认，这不仅在无意识中对他传递了各种限制和不允许，还在语言层面给了他负面的灌输，告诉他，那会有怎样怎样的危险，会有怎样怎样的伤害，他接收了这样的信息，就被这些恐惧包裹住了他原本的无限性，变得不敢再去体验，害怕新的事物。所以恐惧在他心里就慢慢形成了，这不是一天形成的，而是在漫长的日积月累中里形成的。

孩子与你朝夕相处，他的恐惧是在家长和抚养者言传身教中学到的，是后天习得的，并非他天生拥有的。他天生拥有的本能和生命属性是，他是有无限可能性的，他可以成为一切他想成为的样子，他可以做到他想做的一切。也因此，学习成长后，作为家长的我，就会特别觉察自己的言行举止，因为我知道，他是从我的言行举止中潜移默化地习得，他会不自觉地模仿，而孩子是家长的复印件，由此得来。

成年人有很深的恐惧，也是一样的，是日积月累形成的。所以对于千寻宝宝，我总是看到他的无限和无惧，总是看到他的兴奋与好奇。我想说的是，这不是千寻宝宝，这是每一个孩子都拥有的本能，这也是我们每个大人也拥有的本能，跟你有多大年龄无关，我们要透过千寻宝宝看到我们内在本就拥有的这个本能。当你看到这个本能，你的恐惧才会逐渐释放，你才能去施展这个本能，绽放这个本能，那你将收获不可思议的精彩人生，超乎你的想象。那是生命的无限，那是奇迹，那是兴奋，那是好奇，那是生命对你的馈赠，那是每一刻的生命礼物。

去到 OR 去不到

我们回家的第一天，阳光明媚，微风吹拂，温度适宜，很舒服的感觉，我们可以衣着单薄地在户外活动。

在园区的儿童游乐场，千寻宝宝尖叫着兴奋地奔向滑滑梯，孩子们很多，大大小小的一群，都在家长的看护下玩滑滑梯。通常我的陪伴更多是以无声的形式，就是看着他自由自在地体验这些游乐项目。有一些转弯或需跨过高的台阶，我会在旁边护着他，几乎就是这样，他可以完全自在地沉浸在滑滑梯带给他兴奋、刺激与乐趣当中。玩到什么时候结束也完全由他自己决定，我很少会催促他强迫他去玩下一个项目，他则会自在地玩到一定的时间，主动去找下一个游玩的地方。

曾遇到一位爸爸在陪玩比千寻宝宝大一点的孩子，爸爸在小男孩的身边呵护着，不停地告诉小男孩："孩子，小心小心，那样不行，这样不行，不可以，小心。你知道吗，那里脏……"爸爸愿意花时间陪伴孩子是值得称赞的，然而，这是个低幼婴儿的游乐区，是属于小童玩耍的滑滑梯，并没有太多的安全隐患。试想，孩子在本就属于他的玩乐项目中，还要反复被叮嘱各种各样的注意事项，听到各种各样的制止和不信任的话，这就硬生生地阻断了孩子自由探索的激情和欲望。虽然孩子没有回应爸爸，可是他完全收到了来自于家长对他的不信任，就是这种过度的不信任会让他的内心生长出一种类似于："我不够

好，总是不能令家长满意，我做不好，我对很多事情没有十足的信心和把握"。久而久之，就会发展成胆怯和压抑的状态。

这只是在游乐场项目的一个场景里发生的互动模式，也不难知晓，在这个小男孩的成长环境里可能还将面临这样的情景。试想一下，如果我也用同样的方式对待千寻宝宝的话，我可以很肯定地告诉大家，千寻宝宝他走不出去，别说环球旅行了，就是出省他都去不了。如果我时刻带着这样的不信任、怀疑和叮嘱的话，毫无疑问，他无法去到那么多的地方，也无法一次又一次地给我惊喜，向我展示生命的奇迹与无限。更去不到青藏高原这样的高海拔地区，欣赏不到家门口以外的旷世奇美，湖光山色，他也无法与不同种族不同国籍的人们亲密接触，体验不到生命的无限可能。

所以，"可以"或者"不可以"，在幼小的孩子那里，他说了不算，由家长说了算。

如果你们的互动，你时常给他一个又一个的可以，你可以，我相信你等，你用这样肯定的眼神、意念和语言回应你家宝贝的话，毫无疑问，孩子就会展现出"可以，可以，可以"的许多方面给你看他真的可以。同样，如果你是一个"不可以"的家长，你觉得他做不好，你对他不信任，觉得他做不到，觉得他不可以，那同样的，他也会在这种怀疑的眼神、神情、意念、语言的催化下，发展出许多的"不可以"，他做不到的那一面。

并不止这些，在更深的层面上，你给予孩子的信任或者是不信任，允许或者是不允许，决定了他生命的体验是无限的还是有限的；是束缚的还是自由畅快的，这是两种完全不同的生命状态。同时，他

会在你给予他的互动方式里习得同样的亲子关系互动模式，原封不动
地传承到他未来的孩子身上，即：所谓的业力；或者说原生家庭关系
模式的互动与轮回。

千寻宝宝的故事

　　在千寻的成长过程中发生了许许多多的有趣的故事，你们并不用让自己的孩子去模仿他，不必这样，而是透过千寻宝宝看到孩子是独一无二的生命，他是顽强的，是无限可能的，是不可思议的，有着内在的生命节律，那是神圣不可侵犯的。就像他出生的时候内在携带着一粒种子一样，这个种子会自然地成长，长大，健硕，吸收阳光雨露而开花结果，这是一定的，无须担心。

　　所以当你情绪低落的时候，当你迷茫的时候，当你不知所措的时候，当你担心焦虑恐惧的时候，不妨想一想千寻宝宝，想一想他一路走来的成长故事，在这里你会收获到一分力量和默默的支持。实际上千寻宝宝不是他，他是每一个宝宝内在都拥有的面相，也是我们每个人内在都拥有的本质，这个才是我真的想让大家领会到、收获到的。一定要尊重自己宝贝的独特，欣赏他的独特，更多地给他接纳、允许、欣赏和祝福，这个就是全世界最好最强大的爱，比任何的给予都有力量。你要知道任何时候你的恐惧和担忧并不能解决问题，反而会制造出更多的恐惧、担忧和混乱，它也是颗种子。也就是说，时刻要觉察你在孩子身上种下的是什么种子，是恐惧、担忧、不满、对抗、指责、焦虑的种子，还是接纳、允许、欣赏、祝福的种子。因为无论种哪样的种子，它都会生根发芽，越长越大，越长越多。

　　所以，去爱你的宝宝，信任、欣赏你的宝宝，接纳、允许你的宝宝，去看到生命的神奇与不可思议，他就会活出神奇与不可思议，活出精彩和无限的人生。

[第二章 对话]

鹤发童颜

　　我带着千寻宝宝在养老院探望亲戚，临别时，脑海里忽然冒出一个问题，看似一个个独立行走在世间的人们，他们活的是头脑中的思想，还是一个个不司的人呢？换句话说，是思想呈现外在的人，还是外在的人呈现不同的思想呢？也许你从来没有这样的疑问，也许你的答案是，当然是人主宰着思想。也许你说，不知道，没有考虑过。也许你会觉得，我就是我，我怎么可能是思想呢？是的，我曾经和你有一样的答案，不屑于这个问题。

　　就让我们先把答案放下。

　　今天，一位八十六岁满头银发的婆婆给了我很大的启迪和贡献。我刚进门时，她坐在大厅的沙发上，她的女儿正陪着她，这位婆婆已经不记得女儿是谁了，我只是经过那里并没有停留，但我看到她很欢乐，她在欢笑，脸上洋溢着开心和喜悦，散发着一股强大的快乐的气息。临走时，我看见她还在大厅，坐在了另一边，她旁边坐着一个年龄相仿的婆婆，八十六岁满头银发的婆婆依然是挂着欢乐喜悦的笑容。我开始仔细打量她，不禁赞叹，她的精气神那么充足，皮肤光滑，眼角上扬，热情洋溢，活力满满，仿佛与那里的一切并不相融。因为就在邻座，她身边挨着的婆婆，年龄没有她大，可是整个状态是沮丧的，可以感受得到，她非常不开心，面部表情都是下拉的，脸色也很暗沉。于是我对这位开心的银发婆婆产生了兴趣和好奇，走过去跟她打招呼，她笑着热情地回应我。工作人员告诉我说，她患了失忆症，不记得很多事情，她现在的记忆大概停留在小时候，能流畅地背诵出小时候学过的三字经，而她长大后的记忆已经完全没有了，也不认识她的家人。因为她失忆了，反而就只剩下快乐了，或者说她只能快乐，她那里没有痛苦，以至于她给我一种鹤发童颜的感觉，对，鹤发童颜形容她再恰当不过。她满头银发，精神状态饱满，整个面部表情是轻松的、上扬的、舒展的，她很开心，很喜悦，很满足，很享受，像个孩子一样流露出纯真的喜悦。

阳光照射在草地上，微风吹拂着枝叶，我已走出养老院，感觉很轻松，一种清爽轻盈的感觉。沉思了片刻，就问自己，终其一生，每个人活的是头脑中的思想，是思想主宰着我们每个人的外在呈现呢，还是每个外在呈现的人在主宰我们的思想呢？是一个很重要的问题。从小到大的教育和教导中并没有人去探讨这些，在这里，透过刚才的分享我揭晓了答案，是头脑中的思想，是那个看不见、摸不着、无形、无相的思想在主宰着每一个独立的人。

那位开心的婆婆没有了所谓的思想，她只剩下开心和快乐，就像一个孩子一样，开心快乐，无忧无虑。而养老院还有那么多的人们，他们都有很多的思想，便陷入不开心不快乐中。当然他们也有开心快乐的时候，但那是极其短暂的，只是整个生命长河的一个涟漪。那个极其短暂的快乐也许是亲人来探望的时候，也许是看了一个喜剧电影，也许是吃了一顿美食……除此之外的所有时间是茫然的，不知所措的，麻木的，没有激情，没有活力，就只是麻木地度过一天又一天。

　　突然，有个场景把我拉回到一个视角里，这就好比，我们每天都在为生活所奔波，忙于应酬，忙于事业等等，当结婚的那一天我们允许自己开心一下，当喜得贵子的那一天我们允许自己开心一下，当发了一笔奖金的时候我们允许自己开心一下，当买了大房子时允许自己开心一下，当买了心仪的车子时允许自己开心一下，当过年的时候允许自己开心一下，当过节的时候允许自己开心一下，当生日的时候允许自己开心一下，等等。除此之外的时间，我们忘记了开心，或者说根本不允许自己开心，是在一种无意识的麻木状态中度过一天又一天，生命就这样流逝了。

　　所以，有没有可能，人们在活着的时候，在拥有身体的时候，在拥有生命时候，在拥有头脑思想的时候，就能实现像那位失忆了的婆婆一样活出生命的开心快乐，兴奋就激情，充满好奇地度过每一天呢？同时，我们没有失忆，拥有完整的头脑思想，换句话说，就是我们怎样去驾驭我们的思想，而不是任由思想来驾驭我们呢？怎样实现这一点呢？如果实现了这一点，是不是意味着在生命长河里的每一天，我们都是享受生命、享受生活、享受工作、享受我们自己的，我们都是开心快乐的，而不是附加了很多的条件：买了大房子，买了车子，中了彩票，升职加薪，结婚了，生孩子了，过年了，过生日了，等等等等。

　　能不能在每一天的生活里，在活着的每一天里，我们就能让自己开心，没有这些附加条件呢？答案是可以。我已经不记得我从哪一年开始学习，提升了自己的思维意识，提升自己思维意识的核心是去除自己固有的思想和头脑的认知，去看到每一天它确实是全新的来临，为何不让自己活在开心快乐里，活在喜悦里。是的，经过一个持续学习成长的过程，我做到了，我知道并深知，我能做到，每个人都能做到。地球上七十亿人，本质是相同的，因为我们是人类，我们完全可以学着去掌控自己的思想，真切地做思想的主人，而非应由思想做主人，牢固地掌控我们。

　　作为这本书的作者，我想说，很幸运，很感恩，这本书去到了你你的手中，它将会为你一一揭晓如何做到。感谢你选择了它，让我们一起探讨此生拥有的珍贵的独一无二的生命。从此，你踏上了生命喜悦之旅，开始绽放你的人生光芒。恭喜你哦！

宏大的目标

　　我追寻过很多不同类型的成长学习，心理学的成长，家庭系统排列的成长，心灵舞蹈的成长，最终拿到了那个终极的真相，便是，让自己安住于心，活在每一个全新的今天，活在每一个全新的当下，不为什么而开心，只为活着就是要让自己开心。不被后天灌输的大量思想教导，说因为我买了那个大房子，买了那个车子，伴侣帅气多金或者伴侣美若天仙，孩子有了，结婚了，有博士学位了，当上总裁了，等等等等，才选择开心，才允许开心。

　　不不不，完全不是这样的，而是把这样的思想信念转变成，活着，最值得的头等大事，就是每一天去发现生活的不一样，生命的不一样。因为真相就是每天都不一样，生命就像河流一样，一直在流动，也像旅程一样，是由整个旅程中的每一个过程组成的。就拿养老院探亲的例子，或许那股强大的生命之流会流经养老院的时光，就允许自己享受那里的一切，去发现那里的美好，当你把思想转变到这个层面的时候，就会发现那里有属于那里的美好，比如不用做饭，不用洗碗，不用买菜，不用择菜，想睡觉就睡觉，想唱歌就唱歌，只要你开心，大家都开心，所有人都想让你开心。同样地，当那股生命之流流经我们的孩童时代，我们就享受做一个孩子；当那股生命之流流经菜市场的时候就享受买菜的过程；当那股生命之流流经做饭的时候就享受做饭的过程；当那股生命之流流经我们工作角色的时候就去体验并享受这个角色；当那股生命之流流经我们是爸爸或者妈妈这个角色的时候，就去体验并享受爸爸或妈妈的角色，等等等等，就是这样的，安住于心，去与流经你的每一个体验真正地在一起，这时，你会发现生命总是将美好展现给你，于是内心开始变得不再焦急，只想要用心地过好每一天，那里面充满着珍惜与享受。生命根本不用设定"一生"那么宏大的目标，过好每一天，我们便享受好了"一生"，就是这样。

对话

　　我最最亲爱的读者朋友们，很高兴在此时此刻与你对话。无论你此刻的人生处在什么样的阶段，请一定一定要珍爱自己，不要评判自己，不要否定自己，要接纳珍贵的独一无二的自己，接纳并允许精彩绝伦的完美的自己，接纳并允许过去的每一个经历，是过去的每一个经历把你带到了此刻现在的位置。所以，都是完美的经历，是那些经历造就了现在此刻的你，完美的你，精彩的你，无限的你。

　　对于你的未来，有万千种可能，完全没有被预先设定，所以请敞开自己，允许多种可能多种版本的你存在。本书从很多你从未有过的视角带你剖析全新的你，最重要的是，带你剖析过往人生中是什么在阻碍你得到你想要的，阻碍你显化心想事成的人生。这才是最重要的，我常常用磨刀不误砍柴工来形容人生，慢即是快。感谢此刻你让自己慢下来，由这本书来引领你共创一个不一样的人生，一个你意想不到、令你惊喜尖叫的人生。

　　是的，你可以，完全可以。你值得，非常值得。

　　因为，你是一个如此精彩的人，如此棒的人，如此值得的人，你值得拥有世间一切的美好。

　　所以，重要的是，过去已经过去，那是一个又一个完美的发生，接纳那个发生，允许那个发生。然后，停在此刻，停下来，看看此刻你想要的到底是什么。因为每一个今天的你都是全新的，新鲜的，未被设定的，你可以成为你想成为的，你可以去到那个方向。这本书中会给你一些启发和方法，不管怎样，你都要记住一个真相，那就是，在这个世界上，你有独一无二的专属于你的指纹，你是独特的、完美的，不可替代的，精彩绝伦的。每一种体验都有它特殊的意义，你喜欢的带给你开心和好的感觉；你不喜欢的，请记住，你不喜欢的不代表什么，不要再继续指责自己，不要懊恼自己，不要评判自己，不要对抗自己，不要让自己内疚，要明白，你不喜欢的更重要的意义是，正是经由"你不喜欢的"在向你展示着，你真正喜欢的是什么，是的，你不喜欢的那些统统在向你展示另一面，你喜欢的是什么。

所以，尽情地去体验，只要是你内心真正渴望的、想体验的，都要允许自己去淋漓尽致地体验。因为全然的体验会带给你，你到底想要的是什么，不想要的是什么。

叁

[第三章 玩好上天送的玩具]

有序和无序

作为生活在这个星球的人类，我们出生，上学，长大，工作，结婚，生子，衰老，离开肉体，是人人都会历经的一场人生。

然而，没有人会给我们一个生命使用说明书，引导我们花一些时间了解一下生命，这个产品的特性和规律。而我是幸运的，因为在这方面我投入了一定量的时间与精力，认真地探索学习了生命使用说明书。

首先，一个极其重要的点是，头脑与心是两种完全不同的器官，也是两种完全不同的方向和指引。头脑的属性是帮助我们解读外界的信息，解读完以后，它很像一台电脑，会产生记忆，储存信息，这些记忆就会形成日后我们判断外界事物的依据，并以此作为标准来约束自己约束别人，或评价自己评价别人。这个评价里面会包括积极肯定的评价，也会包括否定负面的评价。你要知道，这个评判不单单是针对别人，很多时候也是针对自己的。

头脑的特性就是，它乐此不疲地想让一切变得有序，变得可掌控。不单这样要求自己，它也这样要求所有外在的人事物。事实上，正因为此，才让人们有了痛苦、混乱和不开心的生命体验。

而心是完全不一样的。心只体验事物，接纳并允许一切事物流经整个生命长河。是流经，流经每一年，流经每一天，流经每一分每一秒，它只是去体验，它不产生记忆，更不储存记忆。它不会去评判，分别好坏对错，它没有这些，它只有体验和流经。

所有的评判，不管是正向的还是负向的均来自于头脑，那么一个核心点就出来了，是谁在赋予意义呢？很清晰，是头脑忙着在每时每刻地赋予意义，而心是不赋予意义的。因为心知道，一切都是可以被允许的，只是体验。一切都在变化着，都是无常的，你无法预设一年以后的人生，你无法预设十年以后的人生，你的孩子出生了你无法预设他的整个人生。心甚至会感到很奇怪，为什么人类要做这样的事情呢，为何把自己搞得焦头烂额痛苦不堪呢？

举个例子，2021年元旦跨年，我带女儿参加为期四天的跨年音乐舞蹈节。可元旦这一天我和她都觉得好想睡觉啊，不想起床，被窝那么舒服还很暖和。首先，我就允许了我自己，躺在温暖的被窝里听喜欢的音乐，感觉很好，真的很舒服。我就问我自己，此刻我都已经很满意感觉很好了，为什么不允许自己待在这里呢，于是我就待在了那里，没有按预计的时间去吃早餐去到舞蹈节的现场。一段时间后，我感觉睡好了，就主动起床，看到隔壁房间的女儿还在睡觉，叫两遍她没有起床，于是我问自己，为什么不能允许她今天就睡懒觉呢？今天是元旦新年，全国都放假了，我为什么不能允许她放假呢？很有趣的就是，瞬间，我就很开心地允许她睡懒觉，独自一人去吃早餐，临走也不忘愉快地跟她说，你想睡就睡吧，妈妈去吃早餐了。

你看，当我不被头脑的思想左右，一定要做什么，一定要不做什么的时候，我就没有那个枷锁和束缚，就不会去攻击我自己，评判我自己；更不会去攻击别人，评判别人。我的心情是非常愉悦的，感觉是非常好的，孩子也能感知得到的。所以我愉快地吃完早餐还给她打包了早餐送到房间，然后，我再去参加舞蹈节。这一切都是可以的，我跟随了心，愉快地活在无常中。

当你学着放下对有序的执着和控制的时候，你才会更多地允许自己，当你越多地允许自己的时候，你就会越多地允许别人。因为，允许是令生活进入顺流的秘密，而阻抗是令生活陷入混乱和逆流的核心。

所以，就允许自己活在当下，让宏大的生命流经你。这时，有趣的是，你会真正地品味到生命的美妙、不可思议与精彩。随着你越多地放下头脑对有序的抓取、控制和执着，你经验到当下的美妙就越多，这个时候就是活在当下，拥有当下。奇妙的是，你会感受到一切与你同在，原来你无须掌控一切。

鲜活是什么

鲜活意味着生命是活跃的，兴奋的，流动的。就像千寻宝宝，他就想每一刻都活在新鲜里，活在热情高涨里，就像他会迫切地去使用他的身体，不管是走路，是跳，是蹦，是跳舞，是爬坡，是踩水，是攀登一棵树，还是踩一块石头，他会尽情地使用他的身体，发挥他的身体。

如果是坐在婴儿小车里，不能有那么多的空间去施展并使用身体的时候，他就欢唱，嘴巴里发出欢快的声音，并没有唱词，是一种随机而连续的发音，你能感受到他内在喷涌而出的喜悦、兴奋、热情，就是这样的感觉。

当他看到某个新奇的东西，眼神里便闪烁着明亮的光芒，像激光一样聚焦在他喜欢的事物上。

他就想极致地使用此生他拥有的生命，怎样使用呢？这是我在他身上看到并学到的秘诀，那就是，不管他在哪里，他在什么地方，他此刻拥有的是什么，他都能够极富热忱地、极致地、淋漓尽致地使用他的身体，享受他的五感。

他丝毫不会吝啬他的兴奋、开心与鲜活，从他的每个细胞里绽放出来他的兴奋与鲜活。无论是他在尖叫还是在眉开眼笑，是在走还是在跑，他都要充分地淋漓尽致地去表达他对这个精彩美妙世界的喜欢，点滴之中都在表达着他对生命的狂喜与热爱。

你看，早上一睁眼，你感受到的是，身体经过一整晚优质的睡眠，像万物复苏一样的灵动鲜活，身体里的每一个细胞都在积极踊跃地表达着自己，迫不及待地使用着身体：唱啊，跳啊，欢笑啊，欢庆啊。

时间都去哪了

转眼间千寻宝宝走路就已经非常娴熟了，完全可以脱开我们的手自由自在地行走。刹那间，我意识到，仿佛就在昨天，我还和先生蹲在地上，张开双臂迎接他颤颤巍巍地朝我们走过来。走进我们怀抱的那一刻他是多么的喜悦，咧着嘴，开心地扑进怀抱，你接住抱住他的那一刻，他的喜悦达到顶峰，是尖叫着欢唱着抖动着身体往你肩上蹭。这份喜悦和开心像绽放的花朵，感染得我们也把洋溢的笑容挂满了脸庞。

这份体验，这个瞬间，就在昨天它还在生动鲜活地上演着，然而到了今天，他已经可以脱开我们的手独自行走了。猛然间会觉得，嗯，那个开心的体验我还没有体验够呢，就转瞬即逝了。在《嘘！你是无限的》一书的《识别并去除带娃过程中顽固的负面信念系统》一文中，我反复强调，宝宝的成长历程中，没有哪个阶段比另外一个阶段好带或不好带，都是独一无二的，并且是转瞬即逝的。时间就在他每一天的成长中流逝着，在这个过程里，如果抚养者是全心全意地参与其中，投入其中，与他共情的话，会收获到一种极致的满足、享受、开心与喜悦。

仿佛，当那份体验完成之后，更能产生一种圆满的感觉，那里面没有遗憾，没有可惜，没有内疚，没有执着，没有评判，没有错失，没有后悔。你不会说，哎呀，时间过得真快，一转眼，我还没来得及怎么享受他呢，还没怎么陪他呢，怎么都长这么大了。你不会说，时间呀，你过慢一点儿，让孩子们长得慢一点儿，让我老得慢一点儿。你会让自己全然地参与到孩子生命的成长中，那是一种共情共舞的感觉，你可以清晰地感知到，宝宝作为一个新生命来到这个地球，你与他扮演的不过是角色，不同的角色。你可以清晰地感知到，宝宝的世界里，你作为妈妈作为抚养者，进入了他的世界，参与并见证了他的成长。同时也可以清晰地感知到，在你的世界里，他作为孩子来到你的世界中，来陪伴你并且圆满你此生作为妈妈爸爸或者爷爷奶奶等这样的生命角色。

每个人内在都住着一个小女（男）孩

姥姥姥爷刚刚结束和千寻宝宝的视频通话，没过几分钟，我再次拨通了妈妈的电话，她说，什么事呀？我喜悦地告诉她，没有事，就是想向她表达，妈妈，你笑起来真好看，是一种纯净的小女孩般的笑容，坐在她身旁的爸爸同样地也绽放出的是纯净的小男孩般的笑容。

这就是刚刚在视频通话里，我看到的他们的本真，他俩笑得那么开心，几乎整个通话过程中，从头到尾都是咧着嘴露出洁白的牙齿。妈妈听见我这么说，有些不好意思，而我是完全真心地表达，她也敞开心扉接受了这样的赞美。

我感受到这份情感在亲人之间自由地流淌，这份喜悦会成就这段关系的滋润与圆满。

不禁想起入住长白山的一幢小木屋的那天，我带着一束送给自己的鲜花，一进屋，一位阿姨就看到了，她说，好漂亮的花儿，这么美呀，多漂亮呀，她看上去好开心的样子，脸上有一种小姑娘的喜悦。这是一种久违的感觉，似乎一下子使自己变年轻，像恋爱的感觉一样，虽然她说她已经当奶奶了，但我真的感觉到她内在的年轻和美好，无比动容。

那个晚上，我睡在炕上，感受到阿姨对我就像对我的鲜花一样，流露着浓烈的爱与欣赏。在我睡下以后，她轻轻地走进房间，摸摸我睡的炕有没有热，需不需要添柴，能不能保证我睡得暖和香甜，那一刻，我被一股强大的暖流包围。

感受到阿姨就像我的爸爸妈妈一样呵护着我。他们年纪大了，不善于表达自己，无论是夫妻之间还是儿女之间，都不会去表达，就算对你有道不尽的爱，他们也不会说出来，只会用行动去做。在那个小木屋，我收获到炽热的礼物——感情需要表达。你爱我吗？是的，爱。爸爸妈妈、夫妻之间有没有爱，肯定有爱，只是一起生活久了，从来没有表达过。而我此刻意识到表达的重要性，以及让情感自由流动所带来的滋养，所以，我就会选择主动表达我内在的纯真与爱。它可以是一个拥抱，一个亲吻，一个笑容，一个赞许，一个眼神。

就像是有一天，我从爸爸妈妈家返回郑州，出发前，我亲吻了妈妈的脸庞，拥抱了爸爸，双手托住他的脸庞，告诉他每天都要让自己开心哦。虽然爸爸的脸庞爬满了皱纹，却依然能感受到他皮肤的温润绵柔，他好开心，我们都沐浴在爱中，他们笑得像个孩子。我意识到，每个人都值得被看见，被爱，我给予等同于我接收，极大的幸福感与圆满感穿越着我。

无数次看到爸爸妈妈脸上挂满纯粹的孩童般的笑容时，我都感受到无尽的欢乐与美好。我和妈妈分享，她的笑容如此美丽，她的牙齿那么洁白，她的状态太好了，整个人好鲜活。我对妈妈说，在《我与星际小孩》一书的《你笑起来真好看》一文中，我从人们的表情中收获到的就是无论人们笑起来时是多么的美丽动人，一旦进入无意识，就会掉入表情的麻木和沉重当中。

妈妈虽然表现得有点不好意思，但我能明显感觉到她内心的怒放与欢喜，感受到爱的流淌与滋养，那里蕴藏着无穷的力量与宝藏。

自我的建立

千寻宝宝是被爱与自由养大的孩子，在他一岁三个多月的时候，我就发现他有一个显著的特征，就是他总是很清晰地知道自己想玩什么，他的表现就是他不扎堆，不会看见别的小朋友们都在那里玩，他就去跟随，这不是怯场，是他每一刻都清晰地知晓自己真正喜欢的是什么。这对我们每个成年人来说，是生命至关重要的方向和指引。

比如说，看见别人的玩具他很喜欢，千寻宝宝会敢于表达自己的喜欢。这时候的他还不会说话，就用肢体语言去表达，伸手去要，甚至去抢，这样的行为我当然会及时阻止他。但他勇于并擅于表达他自己，会强烈地表达他喜欢他想得到的东西。所以，你看，尽管他这么小，但他非常清晰地知晓要什么，喜欢什么，而不是迷茫和模糊的。我们很多成年人对人生是困惑和迷茫的，不知道喜欢什么，不知道自己想要什么。

我经常带他去小区里孩子们聚集的地方玩，他有兴趣参与到一群

每个人都有一个一直守护着他的天使，他会化身为你身边的某一个人。

也许是你的一个朋友，也许是你的恋人，也许是你的父母，也许是你仅仅见过一面的陌生人。这些人安静地出现在你的生命里，陪你度过一小段快乐的时光，然后他再不动声色地离开，于是你的人生就有了幸福的回忆。

孩子们的玩乐当中，但并不沉迷执着于那里，他会清晰地跟随自己的感觉去他想去的任何地方，去玩他想玩的。

　　千寻宝宝特别善于开发属于自己的乐趣小天地，会主动去到某一个地方，可能那里并没有小孩在玩乐，但是他就能津津有味地自己玩，乐此不疲。比如，当他发现某个花境里的石板汀步，就会来回在那里走；看到某个台阶，就会上上下下地跳；看到单元门旁边的步梯，也会感兴趣，他会沿着步梯下，再沿着步梯上。步梯往下是通往地下室的黑暗空间，他走两步就会主动回头；步梯往上走是明亮的空间，他自己会向那个明亮的地方走。所以，我不会说，啊，那里黑，那里危险，那里有大灰狼，你不能去，而是允许他去探索这个世界，丰富他的体验，在这足够多的体验中，他会很清晰地知道自己想要的是什么。这是多么重要，多么宝贵的人生指南啊！

　　也正是为什么我们很多成年人会感到迷茫或困惑，不知道自己人生真正喜欢的是什么，想要的是什么。是因为我们从小到大的成长过程中，一直都未被看见，一直未被允许做自己，未被接纳；总是被强迫着逼迫着要忽略自己的喜好和感受，朝着大人告之的方向去，久而久之就变得迷茫和困惑。很多时候，孩子想去左边，可是抚养者会拒绝，强制孩子去右边。这样的事不是一次两次，而是年复一年日复一日地在发生着，以至于你会丢失自己内在指引告诉你的方向。

　　然而，无论你的年龄有多大，依然不晚。要怎样做才能拿回自己的力量呢，那便是允许自己。因为那颗心长在你的身体里，它时时刻刻每分每秒都在给你传递它的感觉和指引。所以，别人，任何人，任何一个你亲近的人，或再权威、再重要的人，他都无法告诉你，你该去哪个方向，什么是对你好的。你只有听从自己的心，你内在的感觉会告诉你正确的方向。就像千寻宝宝，虽然他还那么小，他却很清晰，他知道他想玩什么，他想体验什么，他百分之百地确信和知道。而亲爱的你们，你们每一个独一无二的灵魂，你们的心，也包括我自己在内，完全是一样的，也是百分之百地知晓你的路你的方向，你喜欢的，让你感觉好的。

所以允许他，允许宝宝，因为丰富的探索和体验，是他生长内在力量与智慧的关键所在。

但凡，你不允许宝宝体验他想体验的，总想控制他，让他听你的，你就在强行剥夺属于他的体验，以及他从体验中收获力量与智慧的本领。逐渐地，就会促使他越来越多地把力量交给你，久而久之他就会丢掉了自己本该拥有的力量。长大以后，你不在身边，他就会试图在外面或者某些权威那里寻找力量，渐渐地迷失自己，生命没有方向，没有主宰，没有力量，郁郁寡欢。

如果总想依靠外在，凭借外在给你指引给你方向的时候，你的内心一定是不情愿的，委屈的，甚至是矛盾混乱的。除非外在给你的指引和方向符合你内心想去的那个方向，否则你一定是不平衡的，一定是拉扯的，是混乱和纠缠的，这样的心境里就没有开心和美好的感觉，会是一种对抗和消耗。这意味着你不相信自己的感觉，你不相信自己心的指引，你把力量给到了外面，一次又一次，一次又一次，就在这样的过程中，丢失了自己的力量，迷失了人生的方向，无法活成你真正想成为的样子。

孩子发展自我的过程和体验是非常重要的，是在每天这样的点滴中形成他的独立人格和建立自信的。只要你足够地允许他，你会发现他的自我就建立得非常坚固有力，这个自我对每一个人都是相当重要的。因为在漫长的人生长河里他要清晰地知道他想成为什么，他想做什么，他可以做什么，他喜欢什么，他想拥有什么样的人生，他才会很有力量地去主宰自己的人生，才会朝向自己想成为的方向努力，而不是去盲目地追随、服从、模仿，那里是没有力量的，是会迷失自己的。

　　还有一点就是，在一群孩子当中，你会发现，他可以参与到其他孩子们当中，但是他不会淹没在那里，不会随波逐流。无论是他在一群孩子中玩耍，还是他独自玩耍，总是很清晰地知道自己在做什么，做的这个是否是他喜欢的。喜欢他就待在那里，不喜欢的话，他一定会转身去到他喜欢的地方，并且整个过程里他收获到的都是开心喜悦和好感觉，这是他建立自我人格发展的重要过程和阶段。

　　一旦你控制他，否认他，改造他，强迫他去你让他去的地方，玩你让他玩的事物，而不是遵循他自己内在的指引，他就会逐渐发展成为自我否定型人格，逐渐失去自己判断的能力，更不用说清晰地主宰自己的人生了。长大后势必只能从事听从别人，服从别人的普通工作，无法施展他内在的才华与创造创新的能力，更无法绽放生命的鲜活与光辉。

所有的都是聚焦

在孩子的世界里，你可以感知到，他应对所有的一切都是聚焦，"聚焦"的意思与专注接近，等同于当下，这个力量无比强大。

去观察他的眼睛，他看你的时候，他是定定地看着你，专注地，用心地在看着你，眼睛像激光一样，聚焦着他看到的人事物，这是真正的看，孩子都是真正地在看，并且是完全地"看见"事物。而我们成年人的看是无意识的行为，是分散的，就好像那束光是完全散开的。如果没有聚焦到眼神上，你可以感知到，你是分散的，你就没有办法用你内在的眼睛看到事物的真相，所以，你没有力量。

另外，孩子的心也是完全聚焦的。此刻如果他在玩这个玩具，他的心念就聚焦在这个玩具上，与这个玩具在一起，他在专注地与这个玩具共舞，享受这个玩乐的过程，他总是全然处在当下。而我们大人很容易脱离于事物的聚焦，所以就是分散的。当这份聚焦像一束激光一样，强而有力地打在一个点上，可想而知它的威力是巨大的，无论它看向某个物体，都是"刷"地一下就照射到了那个物体上。比如孩子走在公园里，他的心念就像聚光灯一样，聚焦在他的周围，因此，他总是能看清事物，敏锐地感知到事物，感受到每一刻，他在每一刻里去享受生命，享受生活。

实际上这是我们每个人内在都有的本能，然而成年人就容易分散，很难聚焦，他们的眼神是分散的，涣散的，没有闪光灵动的感觉。心念也是一样的，心念是散的，不聚焦，就好比吃饭的时候，心念跑到了手机里，心念跑到了头脑对某件事物的反复琢磨里，跑到了遥远的未来或者不复存在的过去，等等。所以这个心念是分散的，就好像把聚光灯打散了，看不到事物的美妙和生动，感受到的是一种心神不宁，患得患失的感觉，没有真正地拥有当下，所以无法享受到此刻当下的生命，以及此刻当下的美好。

如果我们把心念聚焦在当下发生的事物里，你就会看见以前看不见的精彩和美好，你就会在每个当下收获到无比满足，开心，享受，喜悦的人生。

赋予爸爸参与带娃的权力

　　邀请爸爸参与与宝宝互动，并积极肯定他与宝宝的互动。

　　由于我和千寻宝宝相处时间多，所以他会习惯性地选择和我在一起，我想这也是无数个家庭的共同现象。久而久之，我会感受到对先生的冷落，所以，我就有意识地让宝宝和先生多相处，比如会主动邀请先生参与到和宝宝的互动玩乐当中。

　　人们往往容易忽略一个细节，或者说一个很深的负面信念系统需要清理释放，那就是，人们都误认为男人带不好孩子，请放下这个信念。男人有他自己的方式带孩子，所以，丝毫不用担心，你不用教他应该怎么做，更不要说男人带不好孩子。当你放下这些担忧和顾虑的时候，他会给你奇迹和惊喜。就比如，刚刚先生把千寻宝宝哄睡了，宝宝在他的臂弯里睡得如此酣甜，先生温柔地抱着他，温暖地看着他，手机里播放着动感音乐。其实不止一次，先生都和我说，他觉得宝宝睡前听一些节奏快的音乐反而更容易入睡，因为刚开始他俩会跟着节奏抖动身体，玩得不亦乐乎，不一会儿，在这种韵律节奏里，宝宝自然而然就睡着了。

　　这与我的方法略有不同，我习惯用一些轻缓的音乐，甚至催眠音乐，千寻宝宝的适应力很好，很容易就进入梦乡了。所以，我不会去纠正先生，说你这个音乐不适合，反而我会给他投去赞许的目光，竖起大拇指给他点赞，大方地说："你太棒了，这么快就把宝宝哄睡了"。我就是这么想，也是这么说，也是这么做的。因为我知道，人们不习惯表达赞美和欣赏，把它深藏于心，只差把它表达出来。没有人会不喜欢被接纳，被欣赏，被赞许，所以就大方地赞许他做得很好，他就会乐于参与到与宝宝的互动当中，并且随着他与宝宝互动的增多，你会看到，男人会用男性的方法和感觉以及力量去传递和表达这份父子之情，会有很多互动的花样，那又是完全不一样的体验，这更是作为爸爸角色的权力，他值得拥有并享受这个权力。

看见

　　我喜欢看孩子们的眼睛，不同宝宝的眼睛，特别喜欢认真地看。看的时候，心里充满了深深的爱，那里没有分别心，没有评判，就是看向他们眼睛里面的纯净，清澈，闪亮。

　　这时，也没有语言，只是温柔地凝视着他们，在这份凝视里我收获了巨大的奇迹。就是，我看过很多孩子的眼睛，认识的，不认识的，大部分是我不认识的，这里没有语言，你看着他，只是认真地看着他。当你去感受那份纯净那份爱的时候，孩子作为一个纯然的生命，他完全能感知得到你对他没有评判，感知得到你对他的欣赏与喜爱，他会定定地看着你，他的眼神不会飘忽不定，他会回流给你同样的欣赏与喜爱，这种感觉非常美妙。这和成年人有巨大的不同，很多时候，我看着成年人的眼睛时，许多人是不敢直视的，是飘忽的无法定下来的。而孩子会坚定地回看你，凝视你，如果你定定地看着他，他也会迎合你的凝视。那里没有语言，也不需要语言，这是一种极致的美好，你和他在建立着一种深层的连接，他能读懂你给他的爱，你也能读懂他给你的爱，我称之为"看见"，这个才是真正的看见。

　　孩子小的时候会玩各种玩具。男孩喜欢玩各种玩具小车，或者各种球，或者是地上捡的一个小树枝，一片叶子；女孩子可能会玩娃娃、玩偶、小铲子、小桶之类。这些都是孩子们的玩具，以及他的乐趣和兴奋点所在，他在与事物的连接中，探索世界的奥秘。所以，你

尽可能地放手，让他沉浸在那份探索里，尽可能地停止语言的说教，让他自我成长。

我观察过很多抚养者，在养育孩子的过程中，无法停止说教，无论是不停地说教孩子，阻止孩子，还是不停地和别人聊天，几乎成了一种无意识的行为，破坏了孩子自由探索的天性。

比如说，孩子手里拿着一个球，他想怎样玩都行，他想双手抱着不松，走来走去，这是可以的；他的脸颊想贴着球身，这也是可以的；球在地上，他用脚踏它，围着球转，也是可以的；他学会了拍球，这也是可以的。而不是你去强调，来，这样子拍，哇，宝贝真棒，你拍得真好，我来教你这样拍。球并没有固定的玩法，一定要怎样，一定不能怎样。

就像千寻宝宝拿起那个玩具小车，不教他怎么玩的时候，我都想象不到他多么会玩，他会拿着小车在地上玩，在台阶上玩，在花坛边上玩，甚至让他的玩具小车行走在不锈钢的扶手栏杆上，他让车走在草地上，把车子四脚朝天，去摸它的轮子，看着轮子的转动。这些都是他在极致地探索这个玩具，这期间我没有任何的语言和说教，唯一做的就是静静地做一个观赏者和陪伴者。在这份广阔的自由里，孩子就会特别伶俐，特别机灵，总有新想法和创新意识，甚至你也可以称之为有主见，表现勇敢。就把他放在一个区域里，视线范围内可以看护到的地方，你就安心地让他成为他自己，做他自己，这就是最好的抚养方式，他会在需要你的时候，主动伸手示意你去拉他，也会在想跟你表达什么的时候看着你喊你，一切在他那里，总是很清晰，他知道他想怎么玩，他要怎么玩，做什么能让自己开心。

而不是去纠结，呀，地上太脏了，不能摸，不能碰，不能坐。当孩子发自内心地想和别人互动表达热情的时候，比如飞吻，手只是短暂地触碰到了嘴唇，甚至都没有碰到，只是一个动作，真的不会伤害到他的健康。想象一下我们小时候的条件环境远不如现在，然而我们都很健康。就像我在《嘘！你是无限的》一书中形容的那样，孩子充分接触大自然的金木水火土，这些元素会滋养身体，只要你不去惊恐、担忧、对抗、焦虑，它是绝对不会伤害宝宝身体的，绝对不会。我们吃的任何食物都来自于大自然，那种天然的元素是不会有任何伤害的。

再比如，千寻宝宝是个小男生，我会随手在地上捡起树枝让他去感受，让他去玩，这是很正常的，他也很喜欢这样的玩具，无论是用手摸它，还是看它，欣赏它，用它戳地面，戳树叶等等，他都会变着花样地玩，非常兴奋与喜悦。抚养者不要只盯着那根树枝看，张口闭口都是，哎呀，这个不行，危险，危险。你要相信他的本能，他有自我保护意识，这是他成长需要的体验，就允许他，给他自由探索的机会。

同时，抚养者要有意识地觉察，减少自己的语言，就静静地陪着，你也会收获和他一样的兴奋与喜悦。停止过多的语言、思绪、说教，你的这些行为只会给他的智力发育和思维拓展减分，无法给到任何的加分。好比他在探索一片树叶，他在观察这个树叶的形状、颜色、脉络，体会拿在手里的感觉，他正在用心地观赏，这一连串的探索远胜于说教。而你不停地说不停地教，就打断了他的那份专注与细致。这一点我在千寻宝宝身上看得非常清楚和明确，大家不用相信我，试着安静地观察一下，或是不停地说教，两者对比一下，你就会知道我想表达的深远意义是什么。

不仅要停止过多的说教，同时还要觉察自己的行为对孩子的影响。很多时候，你喜欢引导他和别人打招呼：快，和阿姨打招呼，快，给阿姨欢迎一下鼓个掌，和阿姨笑一个。你看你引导的方式就是这样，习惯这样去要求他催促他甚至胁迫他，很多时候他是不愿意的，他不明白为什么见人就要打招呼。对于礼貌用语，是他日后很容易就能学会的，而不是在他一岁多点话还说不清楚的时候，就被要求反复做这样的表面行为，他会逆反。这跟礼貌并没有太大关系，当他做好准备的时候，自然而然地就会这样做。而当他在认真地仔细地凝视一片树叶，一朵花，一只鸟，一棵树，比说教他和人打招呼要重要得多，这是他建立完整人格、心灵的重要组成部分。一旦被剥夺，他的心就会容易形成一个空洞，那是一种不满，一种空虚，一种未被看见、未被连接的失落感。

　　不禁想起，我看到的很多接受心理咨询的案主，他们早已成年，却仍然一次次陷入迷茫，不知道做什么能让自己开心，不知道做什么能让自己兴奋，生命处在一种麻木的状态，如果你深入了解，就会发现他们背后都有一个不被看见、不被允许的童年。

把尿

时常见到人们乐此不疲地给宝宝把尿，无论男女宝宝，当他们才八九个月大或者一岁出头的时候，就开始把尿了，这种场景好像一年四季都能看到，也不足为奇了。

然而写这篇文章的时候是北方的冬季，孩子们都要穿厚厚的棉服才能进行室外活动。在这样寒冷的环境里，仍然可以看到一部分孩子是穿的开裆裤，大人会不停地教他们蹲下尿尿，如果孩子顺从了，不管是尿得多还是少，大人都会表扬说，你真棒呀。好像尿尿这种事情是他做不好的，需要教一样。这样的事在千寻宝宝身上几乎没有出现过，他是九月份出生的孩子，现在一岁三个多月，会走路了，至今都是穿尿不湿，我没有给他把尿的习惯，因为我不觉得这个需要训练，这是他天生自带的身体机能，丝毫没有训练的必要。

除了炎热的夏季，千寻宝宝几乎每天都穿尿不湿，我早晚会认真地给他清洗身体，他也从来没有出现过红屁股的现象。

我更习惯这样的育儿方法，也不会在这方面做无谓的精力消耗。

依稀记得我上小学的时候，家乡的冬天非常寒冷，没有暖气，我早晨起床穿棉裤的那一刻，裤子里都是冰凉的，需要一阵子才能捂热。穿的棉裤就是那种开裆的，棉裤外面再套一件正常的外裤。时隔几一年，我现在都还清晰地记得走在上学的路上风顺着臀部往身体里灌，凉飕飕，很不舒服。然而现在还有宝宝们在冬天的户外穿着开裆裤光着屁股，可想而知，他们也会感受到风从臀部往身体灌的感觉，是不舒服的。

你百分之百知道你想要的是什么

　　很多做心理咨询的案主，无论是男是女，年龄多大，他们经常处于迷茫和困惑中，不知道人生之路该往左还是往右，不知道想要什么，不知道做什么能让自己开心。

　　而我想说的是，你百分之百知道你想要什么。就在刚刚我带千寻宝宝走在小区里，他特别想去小区的超市转转，尽管离超市还有挺长距离，他还是用手指着超市的方向示意我带他去那里。在这之前，他在婴儿车里坐了一段路，又下车自己走了一段路，跑了一会儿，也让我抱了一阵子后选择坐回车里。而此时他想要体验的是去超市，无比明确且坚定。我突发奇想，想逗他一下，我故意把车子转个方向说我们去这里，就在转过来的瞬间，他发现不对劲，就扭着头指着超市的地方示意我。我假装没听明白，但他依然坚定地扭着头往回指。

　　亲爱的读者朋友们，我想说的是什么呢？这个并不只是千寻宝宝，而是你们每个人原本的状态。在你小的时候，你总是清晰地知晓自己想要什么，你想去哪里，你想玩什么，你想体验什么，你喜欢做什么，每时每刻你是无比清晰地知晓。这一刻，你是想走，是想跑，是想坐车，是想让妈妈抱，是想去哪儿吃东西，是想去走那个台阶，是想跟那个小朋友玩，还是想独自玩，你都是无比清晰的。那是什么原因在你成年后，就丢失了这份力量，变得迷茫和困惑，生活总是不开心，不知道人生该去到哪个方向的呢？

　　我来告诉你答案，你在成长过程中是如何从拥有这个力量到丢失这个力量的。在漫长的成长过程中，我们会接收来自父母、抚养者、教育机构以及电视网络、各种权威人士的教导，他们会不停地灌输给我们：你不能去这里，你不能做这个，你应该听我的；你不能吃那个，你应该吃我告诉你的这个；你不能穿这个，你应该穿我给你选的这个；你不能走那边，你应该走这边等等。如果你不听你反抗的话，他们就会给你贴一个你不听话，你是个坏孩子的标签，甚至会吓唬你说，妈妈不要你了，或者吼叫你，指责你，甚至打骂你，还会说，你这个孩子怎么这么不听话，怎么这么讨厌，怎么这么难伺候，怎么这么难带，妈妈不喜欢你了等等。

　　你本拥有无比强大的力量，你完全知道什么是你想要的，你喜欢的，你想体验的，但就在这年复一年日复一日的教导灌输中，力量被剥夺了，或者说渐渐地丢失了。然后你就开始怀疑自己，就开始把力量一点点地交出去，听从外界告诉你的声音：该吃什么，该去哪里，该穿什么，该做什么，该有什么，或者不该有什么，该和谁结婚，或者不该和谁结婚，该在哪个城市生活，或者不该在哪个城市生活，等等等等，唯独一而再地忽略自己内心真实的声音，然而你并不开心，也许指教你的人开心了，可是你不开心。如果仔细去看，那个指教你的人也没有真的开心，很快他又想去控制你，因为在控制与被控制的局面里，永远没有赢家，只有持续的混乱和不开心。请注意，这可是年复一年日复一日点滴之中的影响和注入，以至于你那么强大那么清晰的内在指引也被覆盖了。

　　但是好消息是，你依然拥有内在的力量和本能，百分之百拥有，因为这个是我们每个人的本能，生命神圣的内在本能，所以说无论今天的你年龄多大，无论你受了多少教育，无论你是否有很大的公司，都跟这个没有关系。

　　要想活得开心、自由、有力量，内心拥有满足、喜悦，唯一的路是做你自己，做你内心告诉你想成为的样子。如果不能做自己的话，你会困惑，会无力，会感到无所适从，甚至迷茫，这是很正常的现象。有一个强而有力的工具可以帮助你拿回你的力量，就是不要用头脑去想五年以后你要做什么，十年以后你要做什么，二十年以后你要做什么。而只是去看今天，问问自己的内心，我做什么能让自己开心，因为我们只能真正地拥有生命的今天，连明天你都不要问。或者再简单一点，此刻，当下，问我的内心，我想做什么，我想吃什么，我想穿哪一件衣服，我想不想见这个人……你的内心随时随地都在恭候着给你答案，给你指引。就去跟随它，它会给你力量，让你真正地开心，让你自由，让你满足。它才是真正你该成为的，才是真正的你自己。

玩好上天送的玩具

千寻宝宝在我这里，我把他视作我的玩具，我也是他的玩具。尽管他有一个强大的本领，就是随时随地拥有信手拈来的玩具让自己开心快乐，而我视他为我最心爱的玩具，用心投入和他在一起的点滴时光。

就像刚才他趴在我肩上有点想睡觉了，我抱着他，我俩就在享受彼此，享受那份在一起的时光，于是我就用身体感受着他，我把身体往后仰，慢慢地往左移，再往右移，这样能让他的身体完全放松，他感受到了我的身体在动，开始咯咯咯地笑个不停，他觉得，哇，这太好玩了，是他从未有过的体验，笑得无比开心，我也好开心，好满足。

当进入这种极致的享受，就是完全地处在当下了。此时你没有"累"的感觉，你会忘记这些，所以就不会伤到你的身体。在《我与星际小孩》一书中我写过，带孩子累是因为你没有专注于当下。千寻宝宝已经十多公斤了，我也经常抱着他，因为我放下了"抱他好累"这样的想法，放下了这种对抗，就不感觉累。于是，在这种开心愉快的情境下，我俩就会自动地创造出更多好玩有乐趣的事情。

把他横抱在臂弯里，我会装作不经意地偷偷看他一眼，他又咯咯咯地大笑；我再次扭头，突然间又把头转向他偷看他，他又咯咯咯地大笑；我再次扭头转头，他已经笑得停不下来了。就在这个游戏里，彼此收获了无尽的开心与欢乐。于是，我继续创新，突然之间把头转向他的同时给他做了个鬼脸，他笑得更开怀了，笑声更大了，中了超级大奖的感觉，我开始向他吐舌头，就这样我俩在这个愉悦的玩乐中享受生命，彼此沉浸在美妙的时光当中。

你看，可不就是嘛，他就是你的玩具，他是上天送给你的玩具。当你得到一个玩具的时候，你是开心喜悦享受的，肯定不会指责、攻击、评判你的玩具，你只会在玩具里收获到喜悦享乐，那当然玩具有很多的玩法呀。就像今天给千寻宝宝买的小滑板车，他可以坐在上面滑行，可以推着它滑行，可以反向推也可以正向推，他还可以把车子倒立去转动轮子，感受轮子的转动……

就是这样的，你看，这些变换着花样地取悦自己，让自己活在开心喜悦的美好感觉中，是完全可以开发创造的，它没有定数，也无须计划，是一个水到渠成的事情。

去享受你的玩具，爱上你的玩具吧，尽情地让他带给你开心喜悦和欢笑吧。绽放你的笑容，你会爱上不可思议的自己，你也会爱上不可思议独一无二的玩具。

方法就是工具

开启新一轮的英语学习已有半个月的时间，我收获了巨大的惊喜和飞跃式的进步，这和我以往学英语的感觉完全不同。这源于老师给我的方法独特而简单，效果十分显著。

众所周知，大家学英语都苦于背单词、音标、记语法，花了很多时间在这些方面，感觉枯燥，很容易失去兴趣。可能学了很多年，仍然说不好，尤其是见到外国人的时候，听不懂对方在说什么，自己不会说也不敢说，或是说出来的英语对方听不懂。十年苦修，不会说英语的人比比皆是。

究其原因，是单词量不够吗？是语法不牢吗？不是，是因为听不懂，如果听不懂对方在说什么，那怎么能和对方自由交流呢？所以老师教我的方法是：只有听懂才能自由交流，并在他的著作《听懂全世界》中分享了他的方法。

老师分享的这个方法，之所以让我有惊艳的进步，是因为他的方法真的很简单，他不要求背单词，记语法，他要求的就是学会听音频，学会用耳朵学英语，浓缩成三件事就是：听，模仿，背诵。第一，反复地听音频，原版的音频对话；第二，模仿；第三，背诵。当反复听，达到一定量的时候，自然就会背了，水到渠成地就会说了，并且说得和原版非常接近。即便原版的速度很快，你也完全听得懂，是可以模仿下来的。在这个基础上，遇到不熟悉的单词稍加学习就会了，瞬间让学英语变成了轻松的事情。

这和我分享的那么多的育儿方法一样，是轻而易举的方法，我统称它们为工具。出行有交通工具，园艺有园艺工具，农耕有农耕工具，学习有学习工具，带娃自然有轻而易举好用的工具。

工具很重要，好用的工具，它一定会有事半功倍的效果，因此，应该果断舍弃那些事倍功半的工具，而去启用事半功倍的工具。因为每个人一天二十四小时的时间是固定的，除了吃饭睡觉以外，自由的时间也是固定的，如果是事半功倍的工具，那一定是好工具，是值得大力推广宣扬和使用的。

借由学英语联想到，书中分享的那么多轻松育儿的好工具。大家不要轻易相信我说的，而要在自己的生活里去运用这些工具，去体会，去感受。当你这样做的时候，这个工具就变成了你的。你就会发现它管用，好用。任何在你那里管用好用的工具，它就是属于你的最佳利益，就是最好的工具。

小时候你对做自己感兴趣，
对追随别人，成为别人没有丝毫的兴趣

这依然是你。

在千寻宝宝身上我无比清晰地看到这个巨大的真相。同样地，在其他孩子的身上我也看到了这个无比清晰且强大有力的真相。

每一个孩子，尽管他还是个很小的宝宝，不会走路，不会说话，或者他已经会说话了，已经上幼儿园了，不管哪个阶段，每一个孩子，在没有受到太多负面限制性集体意识的灌输和影响时，每一个孩子天生就非常笃定并且确信自己要做什么，要成为什么样子，喜欢什么，不喜欢什么。并且是每一天，每时每刻，他都无比清晰这个方向，他总是在跟随自己这个清晰的方向和指引做自己，所以他总是开心、喜悦、满足和自由的。就像刚才，千寻宝宝一直往前走，我先停了下来，喊他："宝宝，我们换个方向吧。"他停下看着我，对我的建议无动于衷，继续奔向他要去的地方。所以，每个孩子都认为这个很简单，根本不是问题，因为天生就拥有，就知晓，就确定，不需要听别人的指引成为谁，跟随谁，模仿谁，不需要，不需要的。

然而随着我们长大，渐渐地受到越来越多的干扰和指引，觉得你还不够好，你不能这样，你不能那样，你不能成为你自己，你要成为我所说的你，你要成为那个人，那样才是你应该追随的。

刚开始，你并不屑于听这个，会强而有力地反驳和反抗，这是刚开始的状态。但随着外界持续给你施压，否认你、指责你、评判你、

对抗和攻击你，甚至打骂你，慢慢地，你反抗的力量就在减弱，持续地减弱，直到完全覆盖掉本真的你，让你失去所有内在的力量，让你变得不开心不快乐，不知道今生到底要成为什么。当然，并不是所有的孩子都是这样的，会有极少的孩子坚定地跟随自己的内心，做自己，成为自己，也因此他内在的力量非常坚定，强而有力。无论是小时候还是长大以后，每一步，他都清晰地知道要去哪个方向，喜欢做什么，要成为什么，不会受到外界的干扰和阻拦，这样的孩子是极其幸运的。

还有一小部分家长忙于自己的工作生活会忽略孩子，这份忽略对孩子反而成了一种"允许"，这部分被允许做自己成为自己的孩子，也是极其幸运的。

反而是那些被强迫被要求被要挟被否定，总是不被允许做自己成为自己的孩子，随着他一天天长大，他内在原本的力量逐渐丧失，或者说遗忘，或者说被剥夺，被迫地交给外在，失去了内在的笃定和自信，同时伴随他的，还有逐渐失去的开心快乐与喜悦，以及强大的创造力，这就是丢失自己的一个过程。

要怎样做才能变被动为主动，拿回这个本就属于自己的主动权呢？这是个很好的探索。就是去看到，我们的小时候，都拥有清晰的知晓，每时每刻都无比清晰地知晓做自己成为自己，那个主宰和力量是我们出生就拥有的，不需要从外在找，我们本就拥有。只是在我们长大的过程中，这种清晰的知晓伴随着集体意识的灌输和教导被覆盖了，像洋葱一样，一层层地被包裹着。从现在起，从此刻起，我们要做的就是像剥洋葱一样，一层一层地剥掉它们，去除它们，清理它们，释放它们，确保自己在做每一个决定时都跟随自己内心的好感觉，允许自己朝向这个方向前行，自然而然地你内在的力量就会生发，就会呈现，你的内心就会感觉平和，喜悦。那就是真正的你，本真的你，它会提供源源不断的指引，并确保指引你去到开心、喜悦、满足的方向里，它是你真正的力量所在，你的方向，你的路。

不是他不懂，是你不懂

人们总觉得孩子还小，什么也不懂，所以多说说，也没事。就会在他面前口无遮拦，会开玩笑一样地评判他，评判他的亲人，评判别的小朋友，会和他开各种各样的玩笑，不停地指使他，要求他，你去做这个，你去玩那个，你要吃这个，你穿要那个，乐此不疲地这样做。如果孩子顺从了，你会说，你真是听话的乖孩子；如果反抗，则会被冠以你是个不听话的坏孩子的标签。

父母或抚养者在很多方面不注意，不拘小节，比如说，会在宝宝面前看争论是非或打斗血腥的影视或资讯，或者乐此不疲地家长里短。你知道孩子像一张白纸，他很干净，他是敞开的，你谈论什么，关注什么，他百分百地接收，是百分之百地在接收，并受其影响。所以，如果你关注的是社会的黑暗，生活的苦难，各种闹剧，各种邪恶，甚至打斗血腥等等，他就会百分之百地接收你所传递的信息。或者，人们还喜欢聚堆聊天，评判这家的孩子不如那家的好呀，别人家的孩子哪哪哪比你好呀，或者是，在他没玩够没做好准备的情况下，强迫他分享玩具、分享礼物给别的孩子，如果孩子不听，便说他小气、吝啬等等。

那应该谈论什么关注什么呢？就去说一些开心的喜悦的话，去分享生活中的美好与奇迹，去交流你们相处中的开心与喜悦，以及宝宝的成长，宝宝的优点等。他依然是敞开的，你所分享的他都会悉数照单全收，并且他内在就生发出那样的种子，那个种子的核心就是在确认他听到的，哦，他是个好孩子，他是闪光的，他是美好的，自然而然，这颗种子就会在他的人生里他的世界里，生根发芽，开花结果。

所以，日常的自我觉察相当重要。要知道，每个孩子本身的种子是好的，但随着你的交流，灌输，你会改变他种子的结构。这个改变，源于他是纯净的，他总是处在敞开接收的状态，所以父母或抚养者是这个改变的主宰。这一点非常重要，当你知晓你是最早影响他的源头时，你就会愿意更多地觉察自己，留意自己在说什么，在谈论什么，在听什么，在关注什么，一切都是你在创造。

你是原件，他是复印件。

蹦蹦床

有有姐姐，节假日特别喜欢去蹦床公园，由于疫情的原因，蹦床公园不开放，于是家里就多了一个小型的蹦蹦床。

姐姐上学期间，蹦蹦床就成了我和千寻的乐趣之一。它的功能很多，有时是爸爸在上面带着他一起玩，有时是我抱着他在上面跳舞，尤其是播放一些节奏欢快的乐曲时，我们一起在上面感受蹦床的起伏。这个时候，千寻宝宝就会变得特别安静，他会聆听音乐，随着蹦床的起伏舞动双手，感受上下起伏的韵律，这是最常见的玩法。

随着动作的娴熟，他会主动尝试新玩法，有时候趴在上面，静静地感受床的弹力；有时候仰躺在上面，感受床的颤动。不管是趴着还是躺着还是舞动身体，一个很明显的特征就是，他会细腻地感受自己的身体，捕捉弹力的起伏带给身体的不同感受，那是一种愉悦、放松、舒服的感觉。

大概一岁三个多月的时候，千寻宝宝就会要求你拉着他的手一起在蹦蹦床上跳，这个时候，他会开心地欢呼尖叫，似乎品到了一种从未有过的快感。

今天，他有了一个突飞猛进的进步，可以稳稳地坐在蹦床的中心，你站在他背后蹦，或者站在他前面蹦，或者围绕他转圈蹦，你会惊喜地发现，他都可以坐得很稳。原来孩子身体的平衡能力是天生自带的，对此，我没有试图教他，是他在这些体验当中自动学会了掌握身体的平衡。

床上的欢乐时光

　　无论白天，还是晚上，当千寻宝宝洗完澡躺在床上的那一刻，他都喜欢在床上翻滚、爬行，从床这头爬到那头，从那头爬到这头，在你还没有表示出要追逐他的时候，他就已经表现得似乎有人在不停地追逐他一样，自顾自地咕噜噜地往前爬，你忍不住就会和他互动一番，沉浸在这纯然甜蜜的亲子时光里。

　　于是，很多好玩的花样就诞生了。我开始挠挠他的肚皮，挠挠他的腿，挠挠他的小屁股，游走在他的身体，就从脚心到脚背，到手心手背，再到头顶，再到小鼻子，他就兴奋地咯咯咯地笑个不停，笑声填满整个屋子，在房间中回荡。

　　你还可以亲亲他的脚，亲亲他的手，亲亲他的脸庞，亲亲嘴巴，亲亲眼睛，亲亲鼻子，他就陶醉在你给的爱中。

　　有时先生也被这份欢乐感染，加入其中，伸出一根食指，示意他，倒。他也能心领神会，顺势倒下去，并且倒的姿势有很多种，往后倒，往左倒，往右倒，乐此不疲地和你玩这些游戏。

　　这一刻，他既放松又活泼，既兴奋又喜悦。总之，无须预设任何玩法，任何技巧和动作，只是置身于情境里，你们就会不由自主地创造出很多的玩法。

　　有时候，你和他并排着躺下，就只是感受他，也是极其美妙的。当你没有再用肢体去挑逗他的时候，他就会开始享受你的身体，把头躺在你的肚子上，躺在你的腿上。一会儿坐在那儿摸摸你的腿，摸摸你的肚子，一会儿又躺下去，从腿滚到肚子那里，翻过来再翻过去，小手轻轻地搭在你的皮肤上，温润而绵柔。

有时，玩着玩着，你想用脚去逗他，孩子的世界里是没有任何评判的，所以当我用脚和他玩的时候，他依然开心得笑容满溢而出，他不会评判手和脚哪个好哪个不好。在孩子的眼中，手和脚是一样的，只是人体不同的器官而已，所以他就会欣然接纳并沉浸在这些互动中。我用脚在他的肩膀轻触，和他的肚子互动，和他的手互动，他都兴奋不已。之所以我会用脚和他玩乐，是因为我对自己的身体也没有评判或者嫌弃，没有戴着有色眼镜去评判哪个部位好，哪个部位不好。

当没有评判和对抗，以及负面信念系统的时候，我用手去抚摸他，和用脚去触摸他是一样的，并无分别。这一点在孩子身上就完全得到了应验，他没有任何的负面信念系统，对脚没有不接纳，没有评判、指责、攻击、对抗，所以，无论是用手和他玩，还是用脚和他玩他接收到的爱是一样的，不分伯仲。

用心呵护自己，时常给自己正面的确认

在一家服务极其贴心，口碑爆棚的餐厅吃饭，你会感受到无微不至的关爱和祝福。从门口迎接客人开始，服务人员会在点滴中给予你爱与用心，比如立即给宝宝递上气球、小玩具，落座后，饮品、点心、水果，先帮你摆满，若你特别喜欢哪款零食，他会立即备好一份让你免费带回家。

哪怕是在洗手间刚洗完手，服务员的擦手纸就立即递了上来，漱口水，护手霜，也应有尽有，所到之处，都会有工作人员随时接应你，为你服务。细节在于，所有的工作人员并非僵化地只是提供生硬的语言服务，而是衷心地散发着对工作的热爱与激情，就好像服务好你是一件令他开心喜悦的事情。毫无疑问，在这里用餐的客人会感受到温暖、舒服、体贴和爱的流动。

在享受服务员给予的关爱与付出时，我满心欢喜，会大方地称赞并感谢他们。也更照见，我应该同样细心地关爱好自己，不是只在一餐饭里爱好自己，照顾好自己，而是每天都应该爱好自己，照顾好自己。像这家餐厅的服务员做的那样，发自内心地喜欢自己，欣赏自己，热爱自己，呵护自己。

想起前一阵子收到一位朋友特别认真特别用心的祝福，令我无比感动。这条祝福保存在我手机里很长时间，我知道他是上天派来的天使，来提醒我是美好的。

　　这是一份深深的关爱，每每读之都为之动容，沉浸良久，因为读每一个字都让我有美好与愉悦的好感觉。我不禁想，别人可以这样赞许鼓励祝福我，为何我不认真地给自己一份完整详细的正面确认呢？于是，我把朋友给的祝福即刻换成第一人称在心里默默地读给自己听，感觉更有力更好了，迫不及待地完成了一份对自己的正面确认。

　　亲爱的读者朋友们，无论你是谁，你生在何方，年龄多大，这份自我确认无疑都是你人生强劲的动力站。所以，诚挚地邀请在阅读此篇的你好好爱自己，好好欣赏自己，赞美、嘉许、认可自己的独特和完美，认真地给自己写一份积极美好的确认词，凝聚你内心所有的爱与欣赏，祝福与感恩，认真地写给自己。

　　下面是我写给自己的，某种程度上，这不是我，这就是你，在此我就像被化身的天使，走进了你，勇敢地拥抱那个闪耀精彩的你。

　　我们从小到大学习了那么多知识，经历了那么多场考试，写过那么多篇作文，甚至很长篇的论文，恋爱后写过甜蜜的情书，工作后写过很多总结，然而没有一篇是关于欣赏自己、确认自己、看见自己、拥抱自己的。今天，就此刻，行动起来，好好欣赏一下完美的自己，给自己写封甜蜜美好的情书吧，你那么值得。

　　雅典娜小姐的身材特别好；雅典娜小姐的皮肤特别好；雅典娜小姐特别智慧；雅典娜小姐是完美健康的；雅典娜小姐头发特别好；雅典娜小姐特别温柔；雅典娜小姐有着顺滑的情感关系；雅典娜小姐是一个特别棒的妈妈；雅典娜小姐是一个特别棒的女儿；雅典娜小姐是一个特别棒的妻子；雅典娜小姐舞跳得特别好；雅典娜小姐特别的宽容；雅典娜小姐特别温暖；雅典娜小姐的生活特别有品质；雅典娜小

姐特别有品位；雅典娜小姐的声音特别好听；雅典娜小姐的牙齿特别好；雅典娜小姐又白又没皱纹；雅典娜小姐特别勇敢；雅典娜小姐特别的独立；雅典娜小姐在创造着一个又一个奇迹；奇迹在雅典娜小姐的生命中是常态；雅典娜小姐的天赋才华在淋漓尽致地发挥；雅典娜小姐特别爱自己；雅典娜小姐特别热爱生活；雅典娜小姐是宇宙的宠儿；雅典娜小姐是珍贵的宇宙之女；雅典娜小姐的生活中充满了浪漫与美好，甜蜜与幸福；国际化国际范的雅典娜小姐，你在闪耀着你的光芒；每时每刻，每分每秒，走到哪里，你就把无条件的爱带到哪里，你是爱，你是无条件的爱的彰显；生命中遇到雅典娜小姐是一件特别荣幸的事情，为雅典娜小姐的存在感到庆幸。

注：雅典娜为作者网名

忆起你的本能

相信从小到大你接受的教导都是，要实现那些所谓的终极目标，那是你应该做的，只有实现那些终极目标，你才是一个成功的人，你才是一个值得开心、被允许开心的人，才是一个令人尊敬的人。

如果我要说这是一个巨大的谎言，可能你现在还不能完全接受，无论你是否能接受，这都是一个真相，接受它只是时间的早晚而已。首先，我想还原你内在的本能，引导你忆起你内在的本能。就像千寻宝宝在客厅的玩具区那里，他可以玩得很自在，也可以在客厅的任何地方走动，自由玩耍。同样的，如果是在厨房，或者在储物间，他都一样，都立即能在那里自由自在地开心快乐地玩耍起来，重点是，开不开心不取决于他是否身处玩具区，在厨房里，哪怕是一个塑料盖子，一个空瓶子，他都能欢喜地和它们交朋友，成为好朋友。最神奇的是，哪怕在卫生间，我在洗脸刷牙呢，他也愿意待在这个地方，尽管这个地方没什么可玩的，他就是看看空空如也的浴缸，或是把马桶盖掀起盖上，再掀起再盖上，丢个空瓶子到马桶里，甚至将手伸到马桶里玩水，都能令他无比开心。还有其他那么多的地方，无论是公园还是广场，是餐厅还是客厅还是厨房，或是任何一个角落，他都能立即找到他的开心，他的乐趣，他的喜悦。

然而，这不是他，这是你，这是我，这是我们每一个人内在拥有的本能。所以回到开篇，我们追求一个又一个的人生目标，无论是财富，事业，是漂亮帅气的伴侣，还是有成就的孩子，我们把这些都定义为目标，一个一个地去实现。如果实现了目标，才允许自己开心的话，那我们就错失了好多好多精彩美妙的一天，错失了好多好多精彩美妙的过程。而没有停下来看一看，那些目标的实现和得到，为的是什么？为的就是让我们获得开心喜悦和好的感觉。然而，我们内在本就拥有开心喜悦的本能，所以不要弄反了，如果反了，就会不停让自己陷入痛苦中，在永无止境的追逐中、不满意中、指责抱怨中度过这一生。如果你看到自己内在的本能，忆起内在的本能，启用它去度过每一天，那就是在欢庆生命的每一天。

为什么感觉比语言重要

首先，人们容易忽略的就是感觉，而更多地盲从于语言。

实际上语言是基于符号层面的，要怎样理解呢？举个例子，一个词语"苹果"，我们会学习到这个词语的拼音以及它的意思，就是有一个名词去界定它，称呼它，形容它。

到了别的地方，比如美国，苹果就不叫苹果了，从发音上它就叫"APPLE"；再换到新的地方，苹果就会有新的语言发音，即它是一种符号。地球上有多少国家，就会有多少种对苹果的语言发音，然而苹果的实物却是单一的。

要想知道苹果这个实物的滋味，它的手感，它的硬度，它的长相，它的生长过程，这些就需要在感觉层面去实现，是通过咬它，闻它，抚摸它，咀嚼它，把它的美味吸收进身体的过程，这个过程里可以没有任何语言，完全是在身体感受层面，也就是在感觉层面来完成的。这个时候，你就知晓了，苹果，APPLE，就是这个东西。

所以说，感觉它不是一种声音，不是一种符号，它是每一个人内在身体细胞自带的，它拥有无限的智慧，拥有通往天地的智慧，所以，是它在指引我们，引领我们。实际上，它每时每刻都在指引我们，引领我们，给我们信号。它给的信号是非常清晰，非常精微且细腻的。比如说，此刻，你想做什么？此刻你是饿了想吃东西，是渴了想喝水，是想去洗手间，是困了想睡觉，是想出去玩，是想吃清淡的食物，还是想吃辣的火锅，等等，它会自动地给出这些信号，而这个是基于每个人的内在感觉的指引来呈现的。地球上有七十亿人，意味着有七十亿个内在的感觉在给身体的主人指引和方向。

所以，这个是语言无法给予的，语言是在符号层面，是基于一种教导信条或信息的传输，这个语言并不知晓我此刻在想什么，我此刻的感受是怎样的，此刻我想做什么。

所以只有我们回到内在感觉的时候，我们才是真正地在做自己，与真正的自己在一起。

而感觉的细微程度远远超越头脑能想象的范围，所以，每个人的内在感觉都是无比精准精确，分毫不差的。举个例子，现实中一粒沙子，细小到完全可以被忽略，几乎看不见，摸不着，闻不到，听不见，可以当它不存在，忽略不计。然而，如果我们的眼睛不小心进了一粒沙子，身体立即就感觉到了，是无比清晰地感觉到；同样的，吃的菜如果没有洗干净，同样的一粒沙子，在吃进嘴里的时候，身体同样立即能感觉到，身体内在感觉的细微程度就如此精确。也因此，我一再说，每个人都要跟随自己内在的感觉，那个才是真正的你是谁，你的方向。

这份感觉基于身体层面，它自动解读生命自带的伟大本能，所以对我来说语言并不是那么重要，最重要的是感觉，我做任何事情都基于我的感觉是什么，并且我会坚定地追随令我感觉好的方向，当我朝着这个方向前进时，我的心永远都是最舒服的，最和平的，我也是最享受的。这看似是一个不起眼的举动，实际上里面蕴藏着巨大的力量，所以我的力量总是这样牢牢地掌握在自己手中，不会被外界牵制。我也一直很清晰，我想做什么，我想成为什么，我喜欢什么，我不喜欢什么。

　　在千寻宝宝身上，他给予了我更多这样的确信和笃定，那便是每一个人只需要做好他自己，只需要持续地保持和自己内在的感觉连接，那他就是在做他自己。当他感觉舒服、感觉好，追随内在感觉给的指引和方向时，那他就一定是在正确的、符合他最佳利益的路上。

　　还有一点你要理解，语言是在人类出现以后出现的符号，人类最初是没有语言的，这就回到书中一个很核心的点，我多次强调感觉，强调眼神交流，强调眼神确认，强调内心的感受，强调开心喜悦，强调抚摸，强调拥抱，强调爱抚，等等。你看，这些都基于感觉层面、身体层面，而非语言层面。因为我深深地知晓，比起感觉的指引和方向，语言的力量显得微乎其微。

　　不难想象，在人类还没有出现语言的时候，人们之间的交流靠的是什么？

　　眼神就能传递很多信息，喜怒哀乐悲苦；拥抱和抚摸就能传递感受，这个人是喜欢你还是不喜欢，是在给你爱还是在控制你，你是能很清晰地感受得到的。

　　所以说，感觉持续在传递各种各样的信息，我也希望大家在书中能够获得一些启发，开始有知觉地减少不必要的语言交流，尤其是跟孩子负向指责抱怨性的语言交流。因为孩子是纯然的身体，他总是清晰地知晓他要做什么，他想吃什么，他想玩什么，并且他是时刻处在开心喜悦的感觉中的，如果你过多地使用语言符号和他交流，久而久之会阻断他这份内在的连接，慢慢地，他会失去自己内在的力量。所以最好的爱，最好的陪伴，就是身体感觉层面的陪伴，而非语言符号层面的陪伴。

真正的你永远活在当下

"当下"这个词，大家并不陌生，都听说过，但知晓"当下"的精髓与威力的人并不多。"当下"意味着一种全新，意味着一种空无，它是所有创造和显化的核心点。

举个例子，如果此刻你在享受阳光的话，那么你能感受到此刻的阳光是一种全新的光亮照耀在这个世界上，它不是昨天的阳光，也不可能是明天的阳光，它就是此时此刻的阳光，下一分钟它又变成下一分钟的阳光，它永远都是在此时此地此刻发生的，不可能重复旧有的光亮。

我们人类也一样，动物、植物以及存活在这个星球上所有的一切都是一样的。比如，你呼吸，你只能呼吸此时此地此刻的空气，而且是无比新鲜的空气，你不可能吸入昨天的空气，也不可能吸入明天的空气；心跳也是一样的，永远在此时此地此刻跳动；吃，也是一样的，永远也是在此时此地此刻吃东西，吃的也是新鲜的，跟昨天跟明天没有关系；同理睡眠也是一样的。

实际上，如果你能静下来去观察一下的话，会发现一切都是一样的，说话也是一样的，你说的永远是在当下的，你不可能说昨天的，也不可能去到明天说。即便你此刻说出的话和昨天那句是一模一样的，那它也是在此刻全新的当下说出来的。消化，排泄，学习，阅读，聆听，工作，创作，等等，所有的所有，都遵循这样一个法则，也映射出一个强大的事实和真相，那便是，你，每时每刻都是新的、全新的。昨天的发生已经消失了，只是头脑中存在的一个印记，是一种虚幻的画面，它在今天、在当下已经不是真实的了，此刻当下并没有它，如果你不把昨天旧有的思想带入全新的这一刻，你就像一个新生婴儿一样，你就像一张白纸，那强而有力的部分就是，你可以在这个全新的时刻，在全新的白纸上去改写你的生命。

就好比，昨天你做了一件不好的事情，那此时此刻，你是全新的人，此时此地此刻这个空间都是全新的，全新的太阳在照耀着你，照耀着大地；你呼吸的是全新的空气，你的心跳也是全新的跳动，所以你就是全新的你呀，你不把昨天的责怪和内疚带进来此刻当下的话，那它就不会进来。立即，你就释然了，你就轻松了，你就感觉好了，这就非常好，在这样的状态下，你去重新创造。就像画画一样，已经翻篇了，那就重新去创造，重新去编写，你是导演，你是编剧，重新去书写生命的剧本，这是完全可以的。然而这么一个简单、真实、强而有力的真理和真相，却极少有人知晓并真的觉察。现在你知道了，你就可以活出全新的你，活出任何你想成为的自己。

这也是我在孩子的成长过程中无数次真真切切看到的真相，孩子的每一眼看过去都是全新的，他去到的每一个地方，即使是同样的街道，同样的河边，同样的广场，他也是以全新的自我去对待它，他知道他是一个全新的人，在每时每刻他都是一个全新的生命，所以他就是这样践行的。

因此，每时每刻，孩子都无比鲜活，无比开心，无比喜悦。然而，这并不是孩子的特权，是我们每一个人都拥有的权力和本能，只是在此之前，没有人告诉你、引导你去看见这个真相和事实。此刻我在这里向你阐明了，你完全可以去映射这个真理，活出这个真理，因为你是你生命的创造者，每个人都是自己生命的创造者，今天永远是你余生里的第一天，所以去行使创造者的特权，给自己创造开心美好丰盛富足的人生。

你那么精彩，那么美好，你值得拥有一个精彩美妙、丰盛富足的、令人尖叫的人生。

此篇文章，我诚挚地邀请大家，一定要多读，反复读，你自会悟到其中的奥秘和精髓。

伤害你的不是别人的语言或者行为，而是你对此的预期

相信大家都有过这样的深刻体验，你满怀激情和兴奋地和朋友分享一个好消息，然而，朋友却很长时间没有回复你，或者说回复你的是只言片语，你瞬间有一种受伤的，不被接纳的，不被认可的感觉。我相信这是大家很熟悉的经历和体验。

然而，我们要看到背后的事实和真相，背后的事实和真相是什么呢？那便是，第一，对你来说是好的东西，不代表对另外一个人也是好的，哪怕另外那个人是你很亲近的人，是你的伴侣，父母，孩子，兄弟姐妹等等，它都不适用，它只适用在你身上。第二，不是他的语言和行为伤害了你，而是你头脑对这件事情的期待伤害了你。你期待着事情的走向，那是一个妄想，是一个幻象，因为你在期待着别人按"你想你认为"的状态来回应你。换句话说，这是一种控制，你想控制除了你自己之外的另外一个人，当别人没有迎合你的期待、你的需求、你的控制时，就会有种失控感让你感觉不舒服。

所以，解决的办法是什么？当我们看清了这个真相，解决起来就很简单。答案是在自己身上下功夫，在自己身上做工作。就是去看到并意识到一个真相和事实，每一个人都是截然不同的，是完全独立的个体，哪怕是双胞胎，也是不同的，他的指纹不同，感受不同，思想不同，理解不同，喜好不同，口味不同，这是极其正常的事情，如果相同，反而不正常了。

　　其次，放下。放下头脑中对事态的预期，那是一种幻想，是一种妄想，是一种控制，那个会令你不开心不快乐。要做的就是去感受，这个信息，你是出于你的美好感觉分享给朋友，这是很好的。但在你完成分享以后，这件事情就结束了，你在这件事情当中收获的好感觉就结束了，分享完毕以后的事跟你没有关系了，就顺其自然，接纳它本身的样子。这个时候你在这里面没有事先注入预想和控制，那你就不会在这个方面受到伤害，这是个非常清晰，非常轻松的转换工具，只要你在生活当中，按这个方法去做，你立即会看到惊人的效果。自然你会收获到越来越多的轻松、自在、自由、开心和喜悦。

　　当越来越多地这样做的时候，你也会越来越多地喜欢很多人，它不出发于任何的控制、欲望和需求，只是一种纯粹的情感的流淌、表达和流露。并且，也会有越来越多的人爱上、喜欢上这样真实自然的你。

连走带跑

千寻宝宝会走路以后总是连走带跑，一出门就开始欢快地踏着步子往前迈，同时嘴里不停地发出欢快的声音。

人们会热衷于讨论，啊，这个阶段的孩子很容易摔跤，很难带。而我不关注这些，就像在《我与星际小孩》一书中《宝宝招蚊子》写到的一样，我不关注宝宝招蚊子，就像我不关注走路会摔跤一样。孩子是自由的，我允许他、体验他的新本领，他想走或者想跑，这个是他的身体会告诉他的，我要做的就是紧随其后，看护好他就可以了。当然也不排除在他走不稳的情况下摔跤，但是我依然是允许他的。实际上，孩子走路不稳真摔跤了，这个时候大人的第一反应很重要，因为孩子是一张白纸，他本身没有各种评判和定义，所以他对摔跤也是没有定义的，这个时候家长就不要大惊小怪地责怪、呼喊、呵斥、尖叫，事实上这个时候，你说再多的话已无济于事，只需要去扶起他即可，而有趣的就是，他不会哭闹，就继续往前走了。更有趣的是，有时候在摔倒的那一刻，他索性就趴在那儿玩，玩地上的某个小东西，并不急着起身。事实上，这个阶段的孩子并不高，即使摔倒了也并不会摔得很疼。

在我的记忆中，千寻宝宝偶尔就有那么一两次摔倒了、摔哭了，我就赶紧抱起他安抚，我不会说，你看，危不危险呀，谁叫你这样做的，你怎么这么不听话呀，叫你别跑你还跑……我不会这样指责、抱怨和否定他，没有意义，只是把他抱在怀里，安抚一下，他就不会对这件事有丝毫的恐惧、紧张和对抗，不一会儿，他就又会欢快地继续前行。

我也观察到绝大部分家长或抚养者会在这种情况下，去说教，批评，纠正孩子，会说：你看，是不是好危险，谁叫你不听话的，摔倒了，男子汉，我们不哭，不疼不疼，没事没事……这样的话会给他造成一种困惑，如果他真的摔疼了，你说不疼，他真的就会感到很困惑；而他摔疼了，哭是正常的情感表现，你又不允许他哭，他又一次感到困惑。他不明白他的感觉明明是真实的，可是妈妈为什么要那样说，而父母是他生命中的权威，他就会不自觉地在矛盾困惑中压制自己真实的情绪。

实际上，我们只需要简单地看见事实，并接纳这个事实，接纳他的情绪，他很快就会从这里面走出来。真的，在千寻宝宝身上我无数次看到，有时候摔倒了，他就趴在地上玩，你不扶起他，他也不急着起来。有时候是在客厅不小心摔倒了，会哭两声，似乎在等待着你去看见他，你不必急着去扶他起来，只是眼神回应他，哦，我看见了，你摔倒了，起来吧，你可以自己起来的。接纳允许这个事实的发生，他就会平静地起来，平静地过渡。

除此之外，就是你不要盯住这样的行为，逢人就去议论不休，实际上这没有任何的益处，就像在《宝宝招蚊子》那篇里的阐述，你关注什么，你就在放大什么，就在扩大什么，就在强化什么。所以，就看待这一切都是正常的，是他成长过程里的一个小插曲，不聚焦，不放大，不对抗，不否认，自然地过渡，宝宝就会处理得非常好，超乎你想象的好。

他不会在这个事情上有恐惧和阴影，你也无须逢人就讨论他的这个行为。他脱开你的手想自由地行走或奔跑，是在表达他旺盛的生命力，这不该被打压和压制，这是他成长过程中再自然不过的现象。如果你呵斥他，你就无法与他共情，也无法真正看见他，就是在阻止他的成长，剥夺他成长里的体验。实际上，他的稳健和坚毅是在自己一步步的体验与探索中完善并日趋成熟的。我们要做的就是允许，而不是阻止，更不是剥夺。

滑滑梯

《我与星际小孩》一书中的《投射即创造》中讲到，千寻宝宝第一次体验滑滑梯，我给了他坚定而肯定的目光，他勇敢且完美地体验了人生第一次玩滑滑梯的感觉。

千寻宝宝一岁三个月的时候，对玩滑滑梯这样的项目就更加娴熟了。儿童游乐区的滑滑梯有大有小，还有螺旋状的，他开始对小滑滑梯的兴趣减少了，喜欢尝试大的和螺旋状的滑滑梯。无论是坐着滑还是趴着滑，他总是特别兴奋，欢笑着尖叫着滑下来，要来回体验十来次才真正过瘾，体验完后会主动离开，再去体验别的项目。

有时他也会尝试自己从滑滑梯底端往上爬，实际上这并不容易。但他会试着往上爬一段再下来，就在自己的节奏和频率里探索着，变换着不同的花样和玩法。这也是我在他身上看到的惊喜和反馈，当我更多地给他爱与自由的陪伴，他就会生发出更多自我探索的欲望和本能，去尝试新的事物，感受着新的事物带给他的惊喜与美妙。体验越多，自然感受就更加丰富，他很少有害怕或担忧的表现，几乎总是处在一种乐于尝试勇于尝试的状态里，并且过程是充满喜悦和兴奋的。他也很清晰且坚定地知道，他要在这个玩乐项目里体验多久，而不取决于我说不玩了，或者说不玩这个我们去玩那个，或者说太高了别去，这个不行，那个不可以。他清晰地知道他要体验的是什么，并且他知道他可以做到，他可以完成。

　　通常情况下，他会在这样的体验里完整地互动十来个回合，才会心满意足。这个时候会很容易让他放下正在玩的项目而去体验另一个项目，很少会在他身上出现那种你越阻止他越想体验的对抗和迷恋，他淋漓尽致地体验后，收获到的是圆满、喜悦和满足，所以就很容易做到"放下"并"转身"，主动去到下一个不同的体验中。

　　我想这也是他很好带，带他很轻松很愉悦的重要原因之一。似乎就是你有多允许他，他便成长得有多自由，有多接纳自己、多自信、多开心、多独立。

喂饭

　　千寻宝宝一岁三个月时，白天以吃米饭为主，也吃炒菜、面条、蒸鸡蛋羹等，每顿间隔喂食的时间大概是五个小时。

　　吃饭的时候，他坐在自己的餐车里，车前有一个大大的操作台，我坐边上给他喂饭。这个时候他开始有明显的动作，想要拿勺子自己吃，如果不单独再给他一个勺子的话，他都不高兴。所以，我会额外再给他一个勺子或者筷子，他便开心地捏住勺子或者筷子在碗里搅动。你会发现他只是在搅动饭，在充分感受碗里的饭，有时候也会试着往嘴里送饭，但勺子的方向还把握不好，即便往嘴里送也只能吃到很少的一部分。可想而知，餐台就会被他弄得凌乱不堪，衣服上地上到处都是饭菜，也是很常见的现象。

　　然而，我不认为这个是不好的现象。我解读到的是，他对"饭"有着很好的感情，有着美好的连接，有很多的喜欢和共情，他对"饭"产生了浓厚的兴趣，除了要用嘴品尝以外，他还要用勺子筷子去搅动它，想尝试自己舀饭喂自己，甚至于手都想伸到碗里去抓饭。

　　我不对抗这个行为，也不强迫他停止这个行为，我只关注他在很用心地吃饭，并且他吃得特别好，不存在那种进食困难，不好好吃饭，很难喂饭，很淘气的现象。也可以说，我的关注和聚焦点是在他的胃口很好，他的食欲很好，他很会吃饭上，而没有把我的关注聚焦在：你怎么搞的，餐台被你弄得乱七八糟，你现在还不会用勺子，你不要在这捣乱，你不要在这浪费食物……我也没有觉得给孩子喂饭是一件很费力的事情。我的所有关注聚焦点就是，他一口接着一口津津有味地吃着他的餐食，他吃得很享受，很香很满足。

不免要说有有姐姐小的时候，姥姥经常说给她喂饭太难了，四处追着喂，饭都凉了还没吃完。说吃饭的过程都在和孩子淘神，好费劲，给了有有姐姐一个大大的标签——她不好好吃饭。我并不记得细节是怎样的，通过千寻宝宝这样的行为和细节，不难理解，如果最初她处在对食物好奇的兴奋度上，总想自己动手去接触食物、感受食物，和食物建立亲密的连接，你却不停地阻止、拒绝、反驳、对抗她这样的行为，久而久之，她就会对食物产生阻抗心理，这是其一。其二，如若你的关注聚焦点总在她不好好吃饭上，或者你预想让她吃一碗饭，可他只吃了半碗，你立即就放大这个行为，而忽略了她那么多次都把一碗饭吃完了，于是不停地说，才吃了半碗饭，于是就定义她不好好吃饭。你看，当你的关注点都放到"你不想要"的方面，你就会放大孩子这个方面的行为，然后你越关注这个，就会越放大这个行为，久而久之就她是不好好吃饭了。真实的原因是抚养者先有了多次的关注和聚焦，多次给孩子贴上"不好好吃饭"的标签，才逐渐坐实了孩子的行为，孩子才发展出了与之匹配的行为。

拿千寻宝宝这样的行为来看，同样的情况，假如这一次该吃一碗饭，他只吃了半碗，我也是允许的。他肚子吃饱后就不再吃了，这是本能，无须我去焦虑和担心，所以偶尔半碗就饱了，为什么不可以呢？因此，完全不必聚焦在这上面，死死抓住这个现象不放过，让自己陷入无谓的担心中。结果就是，他食欲反而更好，特别会吃，也喜欢吃，和食物建立了特别好的感情。

　　有有姐姐在上小学以后，随着我与先生的持续成长和改变，以及对她不好好吃饭这个信念系统的释放，我们全然地允许她，她自然感到了更多的自由和开心，与食物逐渐建立了非常顺畅的关系。记得有有姐姐上小学一年级，她的老师通常会在家长群发孩子们吃饭的视频，会督促某个孩子要好好吃饭，我就私下和老师表达了真实的心声，告诉老师，有有姐姐的饭量有限，但是她的精神特别充足，喜欢吃哪样，该吃多少令她感觉舒服，她自己肯定清楚，所以请老师不要格外强调她要像别的孩子那样多吃饭，我的想法也得到了老师的理解和支持。有有姐姐在自由的环境下成长，根本不用担心像吃饭这样简单的事情也需要在监督下才能完成。有一天，她对我说："妈妈，真的要谢谢你对我的信任，我知道我做得很好，而你总是知道我做得很好。"

　　千寻宝宝出生至今，从未吃过任何补锌或增加食欲的产品，也无须四处追着喂饭，他的食欲却好得惊人。他并不会花很长的时间才能把一顿饭吃完，也不会说饭都凉了他还没吃完，在千寻宝宝身上就没有出现过这样的现象。记得有有姐姐小时候，姥姥经常说，喂一顿饭太难了，要花好长时间也吃不完，饭都凉了还得再热。而千寻宝宝在爱与自由的环境下长大，真的不存在这样的现象。比如说刚开始他想感受一下用勺子搅动饭的感觉，并不是说从头到尾他都要去体验这个，你允许他去体验，通常他感受一会儿就会主动放下了。所以我很肯定地告诉你，你完全允许孩子，让他体验一会儿，他知道是这样的感觉了，他得到了满足，就会放下，然后去玩其他的。这样他吃得很开心，你喂得也很轻松，饭后及时清理餐台和地面就可以了，并不是很复杂。

所以在零乱和他好好吃饭之间，看你选择关注什么，你关注什么，你放大的就是什么，呈现在你生活里的也将会是什么。

不要把开心快乐建立在"等、靠、要"上

　　孩子的开心快乐是每一天随时随地都可以拥有的，不单孩子是这样，实际上孩子映射的是每一个成年人。因为我们每个人无一例外都是从孩子过来的，在我们还是孩子的时候，我们也是这样。所以这个随时随地拥有开心快乐的本领是每个人内在的本能，天生就拥有的天赋。

　　如果把开心快乐建立在"等、靠、要"上，即，等待——等待未来某一天，某个人、事、物出现，才能开心一下子；依靠——把开心快乐依靠依托在某个外在的人上；需求——对未来某一天的人、事、物寄托各种需要和需求，那将错失每一天的精彩和美妙。

　　这真的会错失很多属于今天的精彩，藏在过程里的美妙。比如说，你会不自觉地陷入一种等待的境地，会对未来有许许多多的期望、期盼和需求，这些期望、期盼和需求是基于在未来的某一天甚至基于某一年甚至若干年以后的一个结果呈现，然而，要知道那个结果可能会实现，也可能不会实现，很多时候你的期望越大，伴随的失望就越大，那你就会让自己处在不开心不快乐的境地中。从更深层次来说，这也是对未来的一种控制，而未来你是无法掌控的，无论是谁，都无法掌控未来。所以，这个不开心不快乐几乎是一个注定的结果在等待着你，同时更重要的是，如果你有一个信念系统认为，开心快乐不在此时此刻的当下，不在全新的今天，而在未来某一天，在某一件或某几件事情的达成，某一个人出现，某一个物的出现，无论是哪一

样，你都把你此刻当下的开心快乐忽视了或者说质押出去了，你就会看不见今天身边的美好，因为你活在对结果的追赶上，一门心思地执着在对未来的寄托和期望期许上，自然就会错失当下的美好，当下的美妙。心完全被各种"追逐、期望、寄托、思想"占据，无法感受到当下的快乐。而活在当下，收获今天的开心快乐是每一个人唾手可得的内在本能。

其次，如果你越把开心快乐建立在"等、靠、要"上，期盼着未来的某一天出现什么样的状态才能让你开心快乐的话，那么你就在无意识、无觉察地喂养你这方面的信念系统，毫无疑问，这方面的信念系统就会越来越强大，它是被你喂养得越来越大的，现实生活中你就会感到越来越失控，而你的需求越大，就越失控，你的开心快乐就会越少。伴随着年龄的增长，你会有更多的要求和需求：期待着伴侣如你所愿，期盼着子女如你所愿，期盼着子女的伴侣如你所愿，期盼着儿孙如你所愿，期盼着员工如你所愿，期盼着合作伙伴如你所愿……总之，就是期盼着事事如你所愿，即便所有都如你所愿了，你仍然不满足，仍然会衍生出更多的期盼、渴求和需求，这无疑是一个无底洞在吞噬着你当下的开心快乐和喜悦。

所以，请放下这个遥不可及的幻象，回到现实，回到今天，去看看你所拥有的，看看已经来到你生命里的人、事、物，你就会看到数不胜数的美好：你有漂亮的衣服，丰盛的食物，温暖的住处，可爱的孩子，你有工作，拥有健康等等。同样的，如果你越多地"喂养"这方面的本能，那它就会生长发育得更多更大，伴随你的就会是越来越多的开心与快乐。

千寻宝宝在小区里欢快地疯跑，迎面走过一位少年，背着书包，拉着行李箱像是要去学校的感觉，看样子应该是位高中生，他的脸上没有一丝的喜悦和鲜活，他那么年轻，本该拥有最强劲、最饱满的生命力，然而却没有展现出他的鲜活与激情，像是在等待着将来学业有成，或者期盼着将来找到好工作或者完美伴侣，似乎，在那些个遥远的未来，他才能开心，才值得开心，而现在、今天、当下是不值得让自己鲜活喜悦的，是应该被忽略的。

同样地，我自己只有两个选择。第一，选择现在、今天、当下就让自己活出生命的鲜活与喜悦，这与我的身份、年龄、性别、身高、长相没有丝毫关系，只取决于我是否允许自己今天活得鲜活，活得开心喜悦。

第二，选择期待期盼着未来，千寻宝宝长大了上幼儿园了，我就自由了，我才能开心，才能感觉好。这是大部分人被教导和灌输的信念系统，他们无法觉察今天是全新的，今天的珍贵，总是在等待期盼寄希望于未来某一天某种结果的达成，然而这是根深蒂固的幻象，开心、快乐、明明就在今天，就在此刻，就在当下。

毫无疑问，我选择第一种。

要做到，并不难，对我来说它是轻而易举就能做到的，于你而言，你只是不习惯这样做而已。只是在过去的岁月里，没有人告诉你这个做法，阐明它的重要性，并告诉你开心快乐有另外一种方法去得到，并触手可及。现在，当你知道了以后，完全就可以这样去做，因为余生的每一天里，你要想开心快乐，你是可以抓得住的，不需要再等，不需要靠，不需要再要了。你可以看看自己，你拥有健康，你生活得很好，你住得很好，你吃得很好，你的孩子那么活泼可爱，今天是你余生里最年轻的一天，等等，数不胜数。立刻，你就可以让自己进入开心快乐的感觉里，立刻就可以。最终，要不要让自己开心快乐，不取决任何人，只取决于你自己，所以，首先要允许自己去到正确的方向，开心快乐自然就会来到你。

当开始停止把开心快乐建立在"等、靠、要"上，放在对未来的期许期盼和等待上时，你同时就可以做另一件事情，就是把注意力收回给到自己，去关心自己，去了解自己，因为没有比你更了解自己的人了。去看一下，今天我做什么会让自己更开心、更快乐，让感觉更好，这个时候，你就是在把投放到外在的力量收回给了自己，只要你这样主动去和自己对话，答案就会出现，很清晰地出现。让自己更开心更快乐的可能是工作，可能是逛街，可能是打扫卫生，可能是散步，可能是爬山，可能是泡个澡，可能是给自己做个美食，可能是健身，可能是游泳，可能是跑步，可能是小睡一会儿，也可能只是待着听首音乐等等，答案具体是什么我不知道，但是只要你这样问自己，你就会知道。当你开始这样，向内看的时候，你就是在做一个非常重要的工作，很多人不知道的工作，就是，你在向内收回投放到外在的全部力量并交还给自己，越这样做，你的内在就越充满力量，你就会收获到越多的开心快乐和喜悦，这是你内在本就拥有的力量，不是依靠外在的人、事、物给予的力量，这是截然不同的状态和感受。

你就会发现，生活不是关于明天的，不是关于未来的，而是关于当下，关于今天的。真相是，今天的你开心快乐了，那明天就是重复了的今天。并不存在明天，也没有未来，只有一个又一个的今天。你的关注永远聚焦在今天，你就会活得很轻松，获得今天的开心快乐与喜悦自然是件轻而易举的事情。

为什么孩子整天玩都不累，精力永远那么充沛

你有没有留意到，从早上睁眼到晚上睡觉前，孩子整天都精神抖擞，活力四射，完全没有成年人懒散的状态。

不止一个孩子是这样，所有孩子几乎都是这样，为什么他们活动量那么大却不累呢？带孩子的大人们往往都累得焦躁不安了，孩子们却依然精力十足。

这真是一个很好的问题。答案是，孩子是走心的，他完全跟随心的感觉活在当下，与他经历的每一个体验用心地在一起，因此他不累。真相就是这么简单。

不要不相信，我们可以在此做个测试。你现在就可以让自己全然沉浸在当下五分钟，去感受一下"当下"的威力与神奇。方法很简单，找个安静的地方坐着，让自己坐得舒服，放松全身，开始深呼吸，去感觉自己的呼吸，感受气息从鼻孔下方、嘴唇上方吸入身体，再感受气息缓缓吐出，感受呼吸，渐入佳境。然后你的手放在椅背上或腿上，感觉手接触椅背或腿的感觉，很放松，很舒服。继续扩大觉知的范围，你可以从头到脚扫描式地感觉身体（这个就是《当下的力量》一书中分享的做法），慢速放松地自我引导，例如，感受你的脚，脚掌，脚心，脚后跟，脚面，脚踝；再感受你的小腿，你的膝盖，你的大腿，你的臀部，以及臀部坐在椅子上的感觉；再感受你的腰部，背部，你的脊柱，你的腹部，你的心口，你

事实上，我总是向孩子们学习，在千寻宝宝身上，我就学到了很多的内在智慧。孩子们的做法真的很简单，所以，我总是保持觉察问自己，每时每刻总爱问自己，此刻我做什么能让自己开心快乐感觉好呢？就去做那个。

的胸部，你的双肩；放松你的肩膀，继续感受你的脖子、下巴、嘴唇、鼻子、眼睛、额头。做法很简单，几乎就是越细越好，要领就是放松身体，只是去感觉它的存在。

到此，我向你保证，你会感到莫名的舒服，自在，心中生起喜悦和平的感觉。

是的，这就是当下的力量。在这个过程里你完全是活在当下的。在当下意味着，头脑没有信念系统以及各种思绪的干扰、拉扯和牵绊，而当下又是全新的，所以你感觉很轻松，很愉悦，很舒服。这也是我在《我与星际小孩》一书的《消耗型的存在和补充型的存在》一文中讲述的补充型存在。

回到主题，答案就很清晰了。孩子们一直活在当下，他们总是置自己于补充型存在的状态里，不管这一天他在什么地方，在做什么，在玩什么，都完完全全地活在当下。他们完全让自己融入当下的境遇里。所以他与那个当下的事物是连接的，是共情共舞的，那里藏满兴奋与乐趣，玩的同时，就在给自己补充能量。因此，孩子们总是精力旺盛，活力四射，玩一整天也不觉得累。

重点来了，我们成年人怎样才能实现孩子般的精力与活力呢？

这真是一个很棒的问题。

答案同样是，保持自我觉察，训练自己活在当下，就时刻启用自己丰富的感官，活在觉察里。这样一来，头脑的杂念自然就会减少。多训练自己活在当下，你就会拥有更多的轻松自在，开心与喜悦。更神奇的是，当下会有很清晰的内在指引告诉你什么是你喜欢的，什么是让你感觉好的，那个就是你的最佳利益。

当你这样做时，便大大削弱了头脑中信念系统的拉扯和掌控，自

然就能量饱满，精神抖擞，总处在好的感觉当中，并且是一种内心生
发出的自然而然的喜悦。

它的威力在于，内在生发出的"喜悦"与"享乐"不同。享乐更多的是
来自外在，喜悦则涌现自内心，而我们要做的正是去到内心体验本就
拥有的喜悦。你知道那个真相，任何一个为我们带来享乐的人、事、
物，当它离去时，便会令人痛苦。凡是外在的东西总是这样的，因为
万事万物都处在变化当中，离去几乎是注定了的。当开始不执着于任
何外在的东西，当放下这些执着，内在本就拥有的喜悦就开始苏醒。

你会体会到孩子般的内在喜悦，它超越任何一种喜悦。可以看着
一朵花，感受它，享受当下这一刻，这种享受的喜悦程度会超过赚好多
钱，或者开了一家新公司。

差别在于，我的喜悦来自于内在，并且它一直都在。可以肯定的
是，这份喜悦存在于每个人的内在，并且也一直都在，从未消失过。但
赚很多钱却是外在的，你会不断地想着它，担忧它，抓取它，并且当你
不再拥有这些钱和公司时就会痛不欲生。

朋友和我打趣，说要向我学习回归至简，我说，我在向小孩子们
学习。事实上，我总是向孩子们学习，在千寻宝宝身上我就学到了很
多的内在智慧。孩子们的做法真的很简单，所以，我总是保持觉察问
自己，每时每刻总爱问自己，此刻我做什么能让自己开心快乐感觉好
呢？就去做那个。并且要点是，不是问做什么让明天的我开心快乐感
觉好，让后天的我开心快乐感觉好，让一年后的我开心快乐感觉好，
让五年后的我开心快乐感觉好，统统都不是，那个是根深蒂固的幻
象。就问，今天，此刻，当下，做什么能让自己开心快乐感觉好，就
去做那个。

怕

怕之一

　　亲子关系中，如果孩子对你表现出的是胆怯、躲避，害怕与你在一起，在你面前他不敢表现他自己，不敢施展他自己，不敢真实地做他自己，这意味着他怕你，他恐惧你。

　　要知道这个世界上，任何让你感到恐惧的害怕的东西，你都无法真正地与它在一起，无法真正地享受它。而孩子是一个能量的存在，他拥有天生的生命智慧，我称之为天性。孩子们很通透、很纯粹、很纯洁，所以他的感知能力是极其敏锐的，也意味着他在你那里接收到的是什么，他表现出来的就是什么。正如那句名言说的一样，孩子是父母的复印件，确实如此。

　　那么，孩子的反应，也就是这个投射的背后表达的真相是什么呢？表达的真相是，让你看到你对自己的不允许、不接纳，你对自己有很多的限制。就是说，你对自己有很多的要求，同时你对别人也有很多的评判、否认和不接纳，你试图去改造别人控制别人，试图让别人听你的，试图证明你是对的别人是错的。请不要相信我说的，去回顾一下，这就是你的生命模式，以至于，你不快乐，你不开心，活得很紧绷，很严肃。孩子就像一面镜子，清清楚楚照射出你的这种状态，通常他会这样表现，例如，在你面前会很紧张、胆怯、谨慎，这不是正常亲子关系的模式。良好的亲子关系里应该总是洋溢着欢声笑语，有爱的流动，有亲密的表达和交流，能够接受爱，也能够给予爱。

如果你没有觉察，你会一直使用这种模式进行亲子关系的互动，不以为然。久而久之，孩子就会胆怯，或者处于生命力退缩的状态，他不愿意表达自己，或者不能勇于表达自己，而你会在他身上挑出各种各样的毛病。你总是借着忙工作、忙事业的旗号忽略孩子的存在，或者在他面前显示你的强势与权威；等孩子再大一些，又借着孩子处在青春叛逆期的旗号掩盖你在亲子关系里的缺失，给孩子贴上反叛的标签。总之，你的一切都是对的，孩子总是不如你意，总是错的。事实上，你从来都没有接纳他，也没有允许他，也没有真正看见过他，那么，他的内在力量就没有办法爆发出来。你给予他的永远是打压、是否定，所以他的内在驱动力、创造力、生命力难以往外扩张，难以喷涌而出。

当然，你可以观察一下，但凡这种关系模式下的孩子，都会谨小慎微，生命的张力、活跃度、兴奋度与激情是不饱满的。还有就是，你和孩子这样的互动模式，表明你可能在生活的其他模式里也是一样的，即无论是在家人面前，伴侣面前，还是在同事面前，合作伙伴面前，都喜欢证明自己是对的，是权威，别人是错的，等等。需要你去反观自己，和自己内在那个孤独的小孩和解，看见自己内心深处那个曾经不被接纳，不被看见的小孩，他是渴望爱的，渴望被看见的。也许，你小时候的亲子关系互动模型就是得不到爱，总是不被看见，总是不被接纳，总是不被认可，所以你内在的小孩一直是被打压的，被否定的，渴望被看见被爱。如果这个关系没有圆满，就会在你的其他关系里不断地被投射这样的互动模式，就会复制重复你小时候的类似状态，所以我在《嘘！你是无限的》一书中不止一次写道，感谢孩子，他是来引领我们成长的。

是时候看到你内在的小孩，跟他和解，主动跟他和解，那你就能享受你现在的亲子关系，看见孩子在你这趟生命旅程中，是来陪伴你成长，来让你体验父母这个角色的。这里"爱"为主导，关系的顺滑、融洽和流动是常态，而不是：在一起时彼此没有话说，不知道怎么表达，感觉到无聊甚至尴尬，不知道怎么互动，总想去纠正他，挑他的毛病找他的错。好的亲子关系不是这样的。

怕

怕之二

　　还有一种形式的怕，表现在对孩子的担心、担忧方面。比如孩子排便了，需要清洗身体更换尿不湿。我的做法是在卧室脱好裤子，抱到卫生间，热水清洗，洗干净再抱回卧室，擦干身体，穿好尿不湿和衣服。对此我对千寻宝宝没有任何的担心和顾虑，比如他在这个过程里会不会着凉生病之类的。而事实上，无论春夏秋冬，他一直很健康，特别皮实，从未生过病。

　　有几次姥姥来我们家，或者我们去姥姥家，同样的情况，姥姥就会特别担心，她会很贴心地把浴巾拿到卫生间，洗好立即包住千寻宝宝的身体。最有趣的，姥姥动作极其迅速，嘴里还会催促着说，快点包住，快点包住，别冻感冒了。我心平气和地笑着对她说，不用担心，孩子的免疫系统是非常强大的，没有问题。

　　姥姥并不知道，大人过多地把担忧和焦虑投射在孩子身上，反而会制造出孩子因此感冒生病的状况。这是非常微妙的，在《嘘！你是无限的》一书中的《四个月环球旅行第五站——人间天堂贝加尔湖》一文中也有详细介绍。所以，觉察那些没有必要的担忧和焦虑，因为你内心担忧什么就在持续制造什么。对于孩子，请给他充分的爱、接纳、欣赏、赞美、允许、祝福，这些都是他拥有完美健康的法宝。

　　假如孩子真的出现了流鼻涕的现象，也请不要担心、焦虑、恐惧，不必立即打针吃药。要意识到，他的免疫系统是非常强大的。事实上每个人的免疫系统都是无比强悍的，细胞每时每刻都在新生，细胞会自我修复。这个自我修复就好比手指不小心流血了，细胞便会自动止血，自动进入修复一样，所以没有什么好担心的，该干什么就干什么，正常地玩耍和外出活动，不到两天，他就会完全自愈。

如果你不相信细胞会自我修复，那你就无法看到奇迹的发生。如果你相信必须通过打针和吃药才能治愈他的流涕，你就会看到你所相信的事实，他就真的感冒了。因为，在你的世界里，你只能看到你相信的。

不管你相不相信，在千寻宝宝身上我就是这样处理的。从出生至今一岁三个多月的时间里，流涕的现象有过一两次，但没有一次不是他自愈的。有一次在家乡，千寻宝宝发烧了，我没有大惊小怪，手忙脚乱，只是耐心地陪伴着他，给他十足的爱，接纳，允许，欣赏，他就完全自愈了。

这让我想起一个朋友的小孙子，生长在美国。朋友曾和我分享，在美国，人们（包括孩子）有感冒流鼻涕发烧之类的症状是不会打针吃药的。医生的普遍做法就是让人们（包括孩子）在家自愈，三天以后再看，这期间可以多喝水，加速代谢，往往没到三天也都自愈了。首先医生没有把恐惧担心的能量传递给患者，都是让放松多喝水。这样做的前提是你不要关注恐惧、焦虑、担忧，相信细胞强大的自愈能力。

这也让我想起了有有姐姐小时候。姐姐小时候，姥姥会给她贴两个标签，第一个是不好好吃饭，第二个就是体质不好，特别容易生病。也确确实实好像有了这两个标签，孩子就匹配了这样的表现。现在我知晓了，是因为抚养者把过多的焦虑、担心投射给了孩子，久而久之，孩子就会发展出那样的状况来匹配大人的投射。例如，有有姐姐小时候最容易扁桃体发炎，咳嗽发烧，每年都会频繁地出现这样的状况。随着我与先生的不断成长与蜕变，我完全明白了，孩子扁桃体发炎实际上只是一个病名，真相是，家长控制她，不允许她做自己，压制她，看不见真实的她，持续地否定她，所以她的内在无法得到释放和表达，就会通过扁桃体发炎这个身体症状来呈现，实际上这是一个情绪信号而非病理的表象。随着我们不断地成长、不断地提升自己的意识和认知，更多地给予她爱与自由的空间，更多地接纳她，允许她，欣赏她，肯定她，这样的症状就奇迹般地彻底消失了，她现在的身体很健康，充满活力，激情满满。这需要一个过程，但这真的很有力量，非常有效。

当然，这里也要为我的妈妈澄清，并非否认过往她在照看孩子方面的付出，在《嘘! 你是无限的》一书中，我专门感谢了我的妈妈，在那样的年代里抚养了我，我如此健康。又在我忙于工作期间，无条件地帮我照看了有有姐姐。感恩她用她的方式给我们呈现了不同的养育方式，而我更想在书中阐明的是，每一种养育方式都会对应与之相匹配的结果。所以更希望大家能够领悟到这背后的核心、意义以及真相，共同维护宝宝们本就拥有的完美健康，以及他与生俱来的内在的神圣天性。

当然，也并非鼓吹大家生病了不看医生，这不是我的初衷。而是向你展示不同的认知会有不同的信念系统，会决定让你去相信什么，而你相信什么你就会制造什么。所以有有姐姐和千寻宝宝是在两个完全不同的认知对待下，呈现出不同生命状态的孩子。

这里我想扩大这份认知和知晓，看到新的可能性，也消除释放你不必要的担忧、焦虑、恐惧和对抗，也许在你做好准备了的时候，这份知晓就会展示给你惊喜和奇迹。这是在确认我们与生俱来的内在力量，你也会越来越信任自己、信任宝宝的内在力量。

生命中重要的引路人

我的老师，年龄七十七岁的美国老人，是一位充满智慧的长者。

不可思议的是，用"老人"这个词来形容他显得极不匹配，因为他简直就像年轻人一样，甚至更像青少年。但他完全拥有青少年般的活力、阳光以及对生活的激情、热爱，他喜欢健身，每天热衷于走进健身房锻炼身体，所以尽管他七十七岁了，身材依然挺拔，肌肉线条依然清晰完美，用他自己的话说，年龄是幻象。

记得一次课程当中，老师跟我们分享过一个细节，就是他特别注重牙齿的保养，他每天饭后必会认真清洁牙齿，所以他的口腔非常健康。七十七岁的他，拥有满口洁白整齐坚固的牙齿，并且全都是他自己的牙齿，牙齿丝毫没有脱落或者老化的现象。我感到极为震撼，而如今我也是这样做的，我称之为爱自己的表现之一。

我的婆婆和他一样的年龄，但牙齿松动脱落老化很严重，所剩的牙齿不多。所以当老师在课程中分享了他的牙齿保养细节时，我就完全接收照做。我开始特别重视口腔清洁，每餐饭后必须认真刷牙漱口。我意识到，很多老年人的身体机能退化或者健康状况弱化，都是表象，并非事实，真相是他们在平时里没有注重彻底清洁牙齿，保护口腔卫生，以至于牙齿就在年龄增长中日益衰败，脱落严重。由于没有一口完整的牙齿，很多东西吃不了，或者没办法做到很好地咀嚼，因此导致身体的营养供应不足，而产生相应的病症，这是其一。其二，口腔长时间清洁得不彻底，造成细菌、病毒入侵。

所以在老师身上，他真的就像太阳一样照耀着我指引着我，让我看到，这个世界上有那么独特的一位老人，在默默地坚定地做他自己。他示范的是，生活中最有用最重要的往往都是那些最简单的，只需要日复一日地践行，简单的事情重复做。而这些最简单的往往是绝大多数人不屑一顾的，忽略的，或者说，从来也没有人教导过我们可以这样做。所以在这本书中我尽可能多地分享精髓，分享我在践行并且特别受益的方面，也希望能给大家一些正向的指引和示范。

老师洁白的牙齿，绽放的笑容，清澈明亮的眼睛，完美挺拔的身姿，神采奕奕的神情，活力四射的精神面貌，像一团明亮的光，每时每刻都在引领着我，照耀着我。每每看到他这样的状态，就感到非常美好，也会意识到原来我与他并没有什么不同，或者是我们与他并没有什么不同。老师也经常说，他与我们每个人并没有不同，他能做到的，我们所有人都能做到。简单的事情重复做，就会收获强大的力量支撑自己，引领自己，去成为那个光芒闪耀的人。

如果，你也对此感兴趣的话，我把老师在课堂中的原话分享给你们：

"你们应该在每一顿饭之后都清洁口腔，我都已经七十七岁了，我的口腔里都是我自己的牙齿，而且总是很干净、很完美，因为即使我吃一颗花生或一个橙子，也会马上清洁牙齿。你们应该在每一次吃东西之后清洁牙齿，很遗憾的是人们并不重视这些。然而，我亲爱的学生们，我希望你们能够重视，应该一直保持清洁牙齿的好习惯，这样你们就能保持健康，而且还能拥有美好的情感关系。"

记得成为老师的学生不久后，我还在一家地产公司做总经理，每天午饭后都会在洗手间认真地清洁牙齿以及口腔。当时的一位同事兼好朋友也是这样做的。我们相互打趣，现在的口腔真的太清爽、太舒服了。你完全能感受到那股清新和洁净，是一种极其美好的令人享受的感觉。我俩几乎同时意识到，过去那么多年里不注意口腔清洁的时候，没有饭后刷牙意识的时候，口腔是黏着的，这么多年不知怎么度过的。她笑着说，因为那时候我们处在无意识、无觉察当中，也就不以为然了。

当有了足够的意识和觉察，真的就形成了鲜明的对比。关于这一点，大家要在自己身上验证一下，只需要坚持做一天，你绝对会感受到非常明显的对比。自然，你就会清晰地知道哪个是值得你重视并坚持的。

捕捉生命中的美好

邻桌的小朋友过生日，一群餐厅的工作人员热情地推着蛋糕车欢天喜地地给小朋友庆祝生日，他们每个人脸上都洋溢着真实的笑容，真像是自己过生日一样开心。他们眉开眼笑地唱了两首歌，把内心的美好祝福都融进了歌声里，连同他们的开心喜悦一并送给了过生日的小朋友。

停下口中的餐食，我开始认真地欣赏这份美好，体会这份惊喜，让自己和开心喜悦的能量共振，这真的是一种很奇妙的感觉，仿佛他们在给我过生日一样。

我意识到，我们每个人的生命都不缺美好的祝福，缺的是我们要有意愿敞开自己的心扉，允许自己接收生活中各式各样的美好与祝福，当这样做时，它们就可以为我所用，为我呈现。

在如此喜悦的氛围中，如果我像其他餐桌的人一样漠视这些美好，觉得和我没有关系，那它就真的和我没有关系了。而我敞开自己的心扉，愿意看见并拥抱这份美好，那它就和我有关系。在我欣赏享受的那一刻，我便是在拥有这份美好。这一切都取决于我自己，我们赋予它什么意义，我们就会体验到那个意义。

好开心、好温暖，满满的爱与祝福，我都收到了。

恐惧不是天生的，孩子的恐惧来源于你给他的灌输

如果你用心留意就会察觉到，孩子天生没有恐惧，天生无惧，那份无惧趋于假如面前是危险的刀或火，他也敢碰。这也说明出了一个很强大的真相，就是他会愿意并勇于尝试任何的可能，在他那里他是无限的，他不是封闭的，不是受限的，不是自我否定的。

就像一岁四个月的千寻宝宝，看到别人遛狗，不管是大狗还是小狗，他都特别兴奋，会兴致勃勃地追逐狗狗嬉戏，极富热忱地与狗狗互动，而狗狗看到孩子这么喜欢它，也会表现得很愿意和宝宝玩耍，愿意和他相处，并不会主动想要伤害他。今天，就又是这样，千寻宝宝和一个狗狗追逐玩耍，遛狗的主人也很开心，她说这孩子一点儿都不怕狗，她遇到的很多孩子都怕狗。这让我想起李雪老师在《当我遇见一个人》中提到，她的加菲猫很呆萌，但她在小区遛加菲猫的时候，小区里的孩子还是会害怕，会远远地躲着加菲猫。她感到很奇怪，在她的观察下，她发现孩子的这份恐惧源于家长的不允许，因为家长总是给孩子灌输这个不行，你不能碰；那个不行，你不能碰。在长久的相处和反复的叮嘱中，孩子就开始防御，变得谨小慎微，不敢亲近小动物。

这一点在千寻宝宝身上也得到了应验，与其他小朋友形成了鲜明的对比。在泸沽湖的时候，房东家养着大型犬古牧，千寻宝宝对它爱不释手，甚至要去搂它的脖子想亲它，那是他们第一次见面。狗狗非常聪

明并通晓人性，它能感受到谁是喜欢它的，谁是不喜欢它的。对于喜欢它的人，它会表现得特别温顺。不管是与大狗小狗，还是其他动物，千寻宝宝都与之有过无数次良好的互动。在西藏的沿途，经常会遇到牛群羊群，每每遇到，他都兴奋得尖叫，从来没有害怕过动物，不管是狗、猫、兔子、牛、马、羊，还是鸽子等，他都表现出极其浓烈的热爱。

所以我也清晰地看出，孩子天生是没有恐惧的概念的，前提是家长不要反复给他灌输恐惧。实际上，孩子们的乐趣都源自生活，来源于身边的点滴，你给他的限制越多，他的乐趣和兴奋就越少。为什么我们成年人对很多事物提不起兴趣，会在兴趣面前附加许多条件呢？我们每个成年人也是从孩子过来的，为什么长大之后，就失去了那份鲜活，失去了那份乐趣，失去了那份好玩的动力呢？就是源于我们给自己太多限制，我们有很多的恐惧。你看，我们连跟小狗这么温顺的动物接触都充满了恐惧，这个恐惧不是天生的，是后来外界给予的。出于限制和恐惧，我们自然就失去了那份和狗之间的互动和乐趣。然而，这只是一个小小的例子，可想而知，如果成长过程中充满了限制性的思维和信念系统的话，你的开心快乐一定是很少的。要想获得轻松的人生，拥有更多的开心快乐和自由，那你就要有意愿主动除去各种限制和束缚，你允许得越多，你的自由就越多，你的开心快乐就越多。无论如何，不要把控制强加到孩子身上，这真的会剥夺他与生俱来的快乐本能。

恐惧不是天生的，孩子的大脑是空白的，所以，你给他装入什么他就携带什么，而携带什么，就会在他的生命里投射什么。所以你传递给孩子很多的限制，很多的恐惧，很多的不允许，那这些限制、恐惧和不允许就会在孩子的生命中启动。比如，你不允许他摸任何狗，说狗很危险必须要远离，他就不会允许自己和狗狗接触。千寻宝宝，却是随时随地和狗互动的，玩得不亦乐乎，收获了无尽的欢乐。他和别的孩子没有任何区别，只是他的大脑里没有接收到我给他的限制、恐惧和不允许，所以他就可以自由地和狗互动。

也因此，作为家长和抚养者，一定要觉察自己的思想语言行为传递给孩子的是什么，传递的是爱还是恐惧。很多人总跟我说，好羡慕千寻宝宝的性格，那么开朗，那么活泼，那么爱笑；很羡慕他的身体状况，那么皮实；很羡慕他的勇敢和乐观；很羡慕他会自娱自乐，生活充满了欢笑。而我的做法真的很简单，就是我总是允许他，对他没有控制，没有对抗，没有限制，完全让他在爱与自由的环境下成长，所以他就会全方位地展现他生命的本能，收获了无尽的快乐。他的性格和他健康的身体，也都是在这里面逐渐形成的，是在日积月累点滴中形成的。

所以尽可能地多允许你的孩子做他自己，你会看到他的笑容会更多，他会更阳光，他会更有激情，生命色彩会更饱满。

就像李雪老师在其著作《当我遇见一个人》中举的例子那样，家长们最关心孩子的智力，那我们就探究一下，人的智力到底是如何发展的。很多家长害怕让孩子接触锋利的物品，大家假想一下，小孩A玩过小刀，用刀子切过纸、划过桌子，甚至割伤过手指。小孩B见过小刀，但每次想要碰的时候就会被家长禁止，"刀子危险，会割伤你，绝对不能玩，记住了吗"，被禁止几次之后，小孩B再也不敢碰刀子了。两个小孩出去玩，不小心被绳子缠住绊倒，小孩A马上在周围寻找类似刀子的尖锐物体割断绳子，小孩B则只会惊恐地大哭。原因很简单，小孩A体验过刀子带来的感受，智力自然地发展；小孩B只是学习过"刀子会伤人，不能碰"的知识，智力无法得到发展，发展出的是恐惧、焦虑和自我限制。

存在主义哲学家萨特认为，人在事物面前，如果不能按照个人意志做自由选择，他就等于丢掉了个性，失去了自我，不能算是真正的存在。这一深奥的哲学原理，在心理咨询中很常见，那些一直由父母掌控人生的孩子，就好像是没有灵魂的人，自我软塌塌的，哪怕现实条件再好，也找不到活着的感觉。因为他们的自由体验权被剥夺，每一次选择前都被父母灌输"正确知识"，其精神胚胎已被扼制。

真正让智力发展的不是知识，而是体验，体验才是滋养孩子精神胚胎的养料。请给孩子空间，让他自由感受、体验各种事物，别用我们狭隘的头脑扼制孩子无限的可能。

稳稳地待在自己的中心，品味生命的美妙

相信大家都有类似的经历：饿了想吃饭，家里还没有做；孩子在哭闹，你想让大宝带着小宝玩，大宝却不情愿；小宝开始哭闹，你却要开始做饭……

我的生活很少出现这种混乱的局面，但偶尔也会出现这样的状况。

这不，今天有有姐姐迎来了寒假，从学校带回一些物品后，便一头扎进她自己的房间玩起来。我回到家，感觉有点饿了，千寻宝宝也有点饿了，我放下他就开始张罗午餐，让有有姐姐带一下他，没过一会儿他俩就大声地嚷嚷，接着千寻宝宝就哭了。我在厨房忙活，有那么一刻我感到了内心的混乱，但没有表达任何的情绪，即刻我就觉察自己，回到我的内在去感觉，感觉这份混乱，我要制止他们吗？答案是，不。我反问自己，为什么我不允许姐弟俩有这样的情况出现呢？为什么不允许自己在这样的状况下依然待在和平之中呢？我为什么要去呵斥他们呢？

此时呵斥他们，强势地打压他们，会起到一定的效果，但我没有选择那样做。我深知，强势镇压做法的背后是一堆的负面情绪，全家都会因此闷闷不乐，气氛紧张。当觉察到这些时，我立即跳出了当时的情景，就好像那个大大的我俯视整个现场在和自己对话，我为什么不允许他们呢？我为什么不允许他们呢？大概就是问了两次，就问醒我了，即刻我就回到了内在的轻松与平静，答案就浮现了，我允许他

们，我也允许自己，该做什么就做什么。我轻松地先把饭做完了，然后去安抚千寻宝宝，没有指责有有姐姐，我非常平静，没有被刚才的混乱和情绪影响，我感觉到了美好和幸福。同时，最重要的是，我的这种舒服和平的状态，孩子们感受到了，先生当然也感觉到了，家里就滋生了更多的祥和、平静和喜悦。

真的很开心自己能这样做，这很简单，我也很想邀请大家去尝试一下，试着这样做，当混乱来临的时候，你就训练自己，做几个深呼吸，不要参与到那些混乱当中，回到自己的内在，问自己，你要什么？你要开心喜悦还是混乱？你要开心喜悦还是要证明自己是对的，大家都得听你的？如果你要开心喜悦，你就牢牢地待在那个和平当中，待在那个宁静当中，主动地接纳他们，你只做好你自己。

实际上，当妈妈的情绪总是和平、温暖且充满爱时，整个家庭就是和平、和谐和享受的。当你开始允许那些情绪出现，允许那些情绪流经，而不是去阻抗，去否认，去打压，去抱怨指责它的时候，你会看见自己很快跳出了那个情绪，跳出了那个情景。神奇的就是，那些情绪和混乱不会干扰你，所以你依然能轻松地享受生命的流经，享受你的角色。你会很舒服，很宁静，很美好，而这份深深的舒服、宁静、美好，家里的所有人能感知到。

不要相信我说的，去实践，你会做得一次比一次好，一次比一次娴熟。

当然这种情况下，你也可以选择大多数人惯用的做法，那便是指责先生，指责有有姐姐，把他们通通指责一遍，这时你已成功地让自己愤怒了，然后家人也完全处在生气和愤怒中，这种压抑的氛围可能笼罩家里整个下午，甚至好几天。你们除了收获生气、愤怒、指责、抱怨和不开心，什么好处也没得到。同时，孩子们在你身上学到了同样的做法，这个做法会使整个家庭关系变得越来越糟糕，越来越混乱。

　　抱怨谁都会，可那只会让人们陷入更多的指责和不开心，问题并未解决，反而升级矛盾。

每时每刻你是被提供充足的，被爱包围

傍晚发的几个快递，睡前看了眼物流进程，快递已经离开分拨中心前往下一个收货点。

瞬间感受到，每时每刻，我们都是被照顾好的，只是生活当中没有像电商物流信息一样时时发布数据，所以就很容易忽略，觉得自己是分离的、孤单的、是被割裂的。事实上，这个世界永远都没有分离割裂任何一个人。

假如此刻，你在吃草莓，眼前出现的只是这颗草莓果实，假如它有一个像物流数据那么清晰直观的数据的话，我们就会看到这颗草莓的种子在几个月前入土发芽，人们给它灌溉施肥，它吸收了充足的阳光雨露，在无数星光陪伴里，蓄积能量后茁壮成长。又经过人们的采摘，它们被运送到农贸市场，再运送到水果店中，最后来到家中，你的手上。此刻，你在品尝它，享受它。

只是粗略地列举一下，我已感到很震撼，心中升起阵阵暖流。事实上这个过程要比我举例的繁杂得多，意味着我们每一个人、每一口、每一样物品都是被他人提供着、支持着的，都是被世界提供着支持着的。同理我们每个个体，也是支持着、服务着其他人的一分子。所以，没有人是被分离开的，所有人，万事万物都活在这个头脑无法想象的庞大秩序场中，都活在浩瀚无边的爱的连接中，每时每刻都是这样的。从出生开始，到身体的消亡，都是被提供充足的。

　　时常把意识带回到这种感观里，你瞬间就会释放掉所有的恐惧、匮乏和不足，就会有心满意足，安全踏实的感觉。神奇的是，内心还会生发出莫名的感动，那是一种满足、圆满的感觉。你感觉很好，会更愿意、也更主动地把这份好感觉传递给身边更多的人事物，你变得柔软而温暖，内心却充满着力量，你不再喜欢苛刻、指责、评判、抱怨，只想感受生命的美好。

我是怎么一个人带千寻宝宝的

绝大部分的时间，我是一个人在带千寻宝宝，在《我与星际小孩》一书中我分享过，我并不拘泥于细节，比如，早上起床后我的习惯是给他穿好衣服后，让他在自己的小床上玩，或者是给他某样东西玩，有时他会坐在卧室的地板上玩，在这个空当，我就有足够的时间把床整理干净，房间看着就很舒服。

做早餐时，他有时在客厅的玩具区玩一阵子，或者跑到厨房来找我，厨房是敞开式的，没有门，一扭头彼此都能看得到。如果他跑过来找我玩的话，他会好奇地打开各个抽屉柜子，看看这个，摸摸那个，通常我都持允许的态度。

我在卫生间洗漱时，他会把各种东西丢到浴缸里，或是把马桶盖子不断地掀起再盖上，甚至手都要伸进马桶里去玩一玩水，一不留神的话纸巾会被他丢进马桶里，我允许他这样玩，这个空当我就快速而简单地洗漱。

书桌边有一根极为漂亮的孔雀羽毛，我很喜欢，它色泽鲜艳，散发着动人的光泽，总感觉一种莫名的力量在支持着我。那份力量就是创造世间万物的力量，它把一切创造得那么完美，连一根羽毛都精妙到令人叹为观止。有一天，千寻宝宝对这根羽毛产生了兴趣，他主动拿起羽毛往自己脸上扫，感受羽毛滑过脸庞的感觉。扫完了示意我蹲下，扬起稚嫩的小手往我脸上轻抚，向我分享他收获到的愉悦和美妙。这是他在爱与自由的成长环境里生发的创意和点子。我想表达的是，当你不对抗，不去试图控制他、改造他，不去责怪他把家里搞得很乱的时候，你就处在了和平之中，你是没有情绪的。当你接纳他的时候，他就让你很省心、很好带，并且他的情绪是愉悦和轻松的，无时无刻不是被开心和喜悦填满的。

　　事实上当你没有情绪和对抗，没有指责和抱怨，你只是正常地去做这件事情，不赋予它任何意义的时候，你并不会难受，也没有委屈，你只是把它们归位了，就完成了。一个人也能带好孩子，就去体验吧，没有任何技术含量，是每个人敞开心扉就可以轻松做到的。

随时随地创造新的乐趣

当感觉轻松和好玩时，你会随时随地地生发很多新的乐趣和创造，前篇刚刚分享过一根孔雀羽毛的例子。或者，我也可以给自己涂个口红，问千寻宝宝，妈妈好不好看呀？他眨巴着眼睛看着你，我把他肉乎乎的小手拉过来，在手背上亲吻一下，大大的唇印就留在了他的手背上，他好奇地看着自己的手背，我喜悦地看着他，这些都是我们的乐趣所在。当你敞开心扉的时候，就会捕捉到非常多这样的乐趣与兴奋，因为孩子就是上天送给你的玩具，你有权在这个玩具中获得无尽的甜蜜、喜悦与美好的感觉。

如果你持续关注在改造他的行为上，你就会不开心不快乐，你就会感到自己总处在生气愤怒的状态，看不到他的可爱，他的好玩之处。这两端都是存在的，并且是同时存在的，取决于你想看哪一端，你选择看哪一端，你想把哪一端带入自己的生命当中。

是谁在吓唬孩子

父母或抚养者往往有一些吓唬孩子的说辞，比如，你会听到人们说："你再不听话我就不要你了啊；你再不听话我就自己回家了啊；你再不听话你自己在这玩啊，我不管你了啊。"甚至有一种说法是："你再不听话我就叫警察叔叔来抓你了啊。"还有一种说法居然是："你再不听话，我送你去打针了啊。"或者："快走，快走，再不走，他来跟我们要钱了啊。"五花八门，各种说辞层出不穷。

如果看孩子在那一刻的状态和眼神，你会发现他的无辜和无奈，他不知道自己做错了什么，要得到这种带着威胁的否定，他会非常担心、害怕，表现得无所适从，焦虑不安，小手都不知道该放到哪里，紧张地搓着衣襟。在不觉察的情况下，大人会越来越多地重复这样的行为，不断地注入这样的种子给孩子，日积月累，他就会出现一种潜意识：我是个不够好的孩子，我是个不够好的人，我是个不被人喜欢的孩子，我是一个坏孩子，我不值得被爱。这样的声音持续着，伴随他的整个人生，直到他开启自我成长，看见这个来自于别人信念系统的幻象，解除这个枷锁为止。在这之前他就会生活在这种心灵阴影的笼罩下，渐渐地失去他原本的纯真，失去与生俱来的自信、勇敢、开心与快乐。无意识地让自己活在了无力感和焦虑当中，总是闷闷不乐，退缩，不敢或者不愿意再去表达自己，无法展现内在真实的声音和力量。所以，他总是觉得自己不被理解，不被看见。

　　因此，每时每刻，我们在陪伴孩子成长的过程中，真的要保持自我觉察，反观自己，是处在爱的这一端，还是处在负面恐惧这一端。如果你处在爱的这一端，你就会创造更多爱的互动模式在你们的亲子关系中；如果你处在负面恐惧的一端，你自然就会在你们的亲子关系中创造更多恐惧的种子。

　　这些不被看见、不被认可、不被接纳的无形的伤痛会深深地扎根于他的心底，以至于我见过很多做个案咨询的案主尽管已是成年人，却依然活在这种不被看见的恐惧中，总在试图寻找着被爱、被看见，无法走出这个阴霾。他们要用很多行动来证明自己是好的，要获得很多外界的认可来证明自己是好的，或者囤积大量的资产来证明自己是好的，然而做再多也无法填满内心的那个空洞。事实上，他本身就是好的，是吓唬和胁迫一次又一次地覆盖了他原来的光芒。现在，你只需要确认，他本质上是好的，原来的状态是好的，去欣赏他，嘉许他，他就会很鲜活，很绽放，很勇敢，充满活力，无所不能。

厌食

厌食，养育过宝宝的家长们都听说过这个词，表现在孩子不好好吃饭，食欲不佳，家长会因此担心孩子的营养及生长发育。

针对厌食，专家会有各种建议。我想表达的是，孩子是不存在厌食的。孩子作为一个全新的生命，他的身体机能处于最完备、最完好、最饱满的状态，吃喝拉撒睡是本能，他怎么会厌食呢？

从呱呱坠地开始，孩子天生都知道吮吸妈妈的乳房去汲取营养，他当然知道什么时候要吃，要吃多少。这是毋庸置疑的，你为什么要担心呢？家长要自我觉察、不要轻易给孩子贴上"厌食"的标签，整天挂在嘴上。这是第一点。

第二点要做的是，在孩子吃饭这件事上，你不要有太多的评判和限制。现在的千寻宝宝一岁四个多月了，他开始和各种食物建立亲密连接。连接的方式是什么呢？如果你喜欢一个人，你要和这个人建立连接的方式是什么？你肯定会想去感知他，你们会牵手，约会，拥抱，抚摸，亲吻，散步，逛街，看电影，吃饭，做各种各样好玩的事情，这个就是连接，会发生很多的连接。对于孩子来说也一样，一份食物放在他的面前，他已经不像小时候只要你把他抱在腿上，或者让他坐在婴儿车里，坐在凳子上，他就乖乖地只吃饭，不做其他的事情。长大一些，他对食物产生了好奇，迫切地想跟食物建立连接，他想要拿勺子或筷子去戳食物、搅动食物，甚至用手去抓食物、捏食

他开始和各种食物建立亲密连接。连接的方式是什么呢？比如说你喜欢一个人，你要和这个人建立连接的方式是什么？肯定是会想去感知他，你们会牵手呀，约会呀，拥抱呀，抚摸，亲吻，一起散步，逛街，看电影，吃饭，就是做各种各样好玩的事情，这个就是连接。

物，这都是正常的现象。给他一个蛋黄派，你看他是怎么吃的，他会用嘴咬啊，舔啊，尝啊，抓啊，捏啊，用筷子戳啊，吃得满嘴都是，但他吃得很开心，你不必评判他吃得到处都是，他吃得开心是最重要的。

我有时会拿起热乎乎的未去壳的水煮蛋放在他的手心里，放在他的脸蛋上，他眯着眼感受鸡蛋的温热，然后直接就张嘴去咬，就像咬苹果一样，这一切都表明他对鸡蛋的喜爱、好奇、兴奋，就像鸡蛋是他的好朋友一样。我掰开鸡蛋放一点在他嘴里，他吃得很香，不一会儿他盯上了蛋壳，伸手示意要蛋壳，我就会把蛋壳放在他手里让他感受一下，他也会拿起蛋壳放在嘴里，咬一咬，尝一尝。就允许他，你放心，他不会把蛋壳吞下去的，通常他会在嘴里嚼两下就主动吐出来，接着又掰一块放嘴里，同样嚼两下吐出来，整个过程都说明，他与食物之间建立了非常亲密美好的连接，完全是一种美好的感觉。

此时如果你极力打压、否认、制止、呵斥、强迫他，他对食物的那份兴奋、好奇的热情就被浇灭了，就变成了人们口中所说的，这孩子不好好吃饭，不喜欢吃饭，很难喂饭，胃口不好，食欲不佳。

他还是一个新生的孩子，你无法给他一套完整的就餐礼仪，怎么坐着不动，怎样安静地吃，怎样不吃到身上，怎样不吃到脸上，怎样不吃到手上，怎样不吃到地上，这是无法实现的。所以请放下这样的妄想与期待，就允许他，他就会很欢快地享受食物，并且他吃饱了就不会再吃了。如果此时你强迫他再吃一些，便容易进入另外一个极端，便是厌食。即便他迫于无奈吃下去了，就会造成另外的一个结果，即孩子积食。所以说，问题不在孩子那里，而在大人这里，大人要放下控制，允许他，相信他的身体机能。然后，在他吃完以后，把餐桌还有他的脸和手及时擦干净就可以了。

　　你不停地批评指责他，抱怨他，给他贴各种标签，让他心生恐惧，这是孩子形成厌食的主要原因。

　　当你放下控制的时候，就没有对抗没有情绪，比起你在整个用餐过程里吼他，强迫他，要来得轻松得多。我观察过很多次，千寻宝宝吃一餐饭的时间，平均在十五到二十分钟就完成了，之后他会很满足地在他的垫子上玩玩具，或者坐在餐车上自己玩。

　　他吃得也并不复杂，主要以粥类，面条，炒菜，面包，蛋糕，酸奶，火腿肠为主，肉类他吃得并不多，但是他的身体很强壮，很健硕。你要相信孩子的身体机能是非常完美的，就相信他，相信生命的强大与坚韧，他会做得非常好。

积食

　　同样地，大家对孩子积食也并不陌生，但我家两个宝贝却从来没有出现过积食的现象。

　　积食，这更像一个医学术语。首先你要清楚，一个生命来到这个地球上拥有的本能是什么，他会心跳，呼吸，会吃喝拉撒睡，这些是本能，你要信任他的本能。在这件事情上，大人要放下控制和执着。他能吃多少，愿意吃多少，这个是他的内在本能在掌控，内在本能同样在完好地掌控他的呼吸、心跳，所以丝毫不用担心，这是要注意的第一点。第二点就是，很多时候他本身是很享受食物来滋养身体的，可是在他进食的过程中因为你指责抱怨，嫌他吃得太慢，嫌他吃得太快，嫌他把身上、脸上、嘴上、桌子上、地上弄得太脏，嫌他吃得太多，嫌他吃得太少，嫌他挑食，等等。你要放下这些，因为你所有的这些评判，阻抗，都指向了一个方向，就是你在否认他，你不接纳他。你要明白否认，评判和不接纳是非常强烈的对抗情绪，孩子很弱小，无力对抗你，反驳你，他甚至还不会说话，所以，这股强烈的对抗情绪在他的身体内就形成了一种对抗，无法释放，久而久之，便会积压在他的身体里，积压到一定程度，他的身体就会起反应，比如嗓子发炎，咳嗽，积食，腹泻等。即便用医学的方法让症状消失了，但如果你没有觉察到你的行为和做法是"因"，那么一段时间以后他还会出现这个现象，甚至变本加厉，这些症状就会在他身上反反复复地出现。再一次，请不要相信我说的，去观察你的家庭成员，他们就有这种现象，所以你能做的就是接纳事实，看见他的本真，相信他的身体机能在完美运作。

在千寻宝宝身上，我就观察到他食欲特别好，很能吃，肚子总是吃得鼓鼓的，但他从来没有积食，因为他的运动量足够大，在运动的过程中，消耗了体内的食物存储，他的情绪流动也非常顺畅，因此就不存在积食现象了。

另一方面也是家长要注意的。孩子们每天的精力都异常旺盛，他们会不停地动来动去，这个时候你可能又开始担心焦虑了，给他很多新的限制：这样不行，那样不允许，这里不能去，那里不能去……所以他就没办法通过运动来促进食物消化。

此外，大人往往主观地认为外面太热了或者太冷了，风太大了，当孩子特别想出去玩时，你却不愿意让他出去，那他透过食物摄入的能量就没有在运动和玩耍中得到有效释放。实际上孩子们天生就喜欢动来动去，喜欢与大自然的万事万物接触，若是阻止了他的这份"流动"，也会对他消化食物造成一定的阻力和干扰。

孩子是在丰富的体验和感观中扩大了
与各种事物的连接，在丰富多彩的体
验当中，自然而然地形成并内化成为
勇敢和坚定的品格，这便是内在力量
的形成和固定。

在与事物的互动连接中，孩子获得自信和力量

孩子是在丰富的体验和感观中扩大了与各种事物的连接，在丰富多彩的体验当中，自然而然地形成并内化成为勇敢和坚定的品格，这便是内在力量的形成和固定。

一旦内在形成坚定的力量，孩子做什么都会很笃定，很有信心，并且勇于尝试，那里没有恐惧。这份笃定、自信和勇于探索的精神，并不源自书中或者父母的说教和经验。你要知道别人的经验只属于别人，每个人都如此不同，就像每个人的指纹一样独特，因此同样的事情，不同的人会有不同的感悟和表现，比如勇敢，退缩，犹豫，胆怯等。

所以，如果你想让孩子内在的力量得到扎实的历练，变得更加自信和勇敢，那就得允许他有更丰富的体验，他在体验中会自发地建立内在的判断并形成信心。所以我不会引导千寻宝宝通过书本知识去获得别人的经验和力量，那个不适用于他，反而会给他造成很多干扰，阻碍他内在力量的生发。我给到他的是鼓励和信任，如果你也能这样做的话，我可以非常肯定地告诉你，你的孩子一定很有力量，很笃定，很自信。

最可贵的是，他将会成为一个引领者，而绝非一个追随者。追随者是人云亦云的；而引领者充满着笃定、坚毅和信心，他的内在力量稳固而强劲，这都源自他自己的体验，并非通过说教习得。习得是别

人的，而体验是自己的，两者有本质的区别。

　　这个不难理解。打个比方，上坡和下坡，如果靠习得，他只能听到上坡和下坡可能是什么样的，而无法体验到，他体验不到就无法获取那一份感知，因此也无法建立对这件事情的认知。所以，唯有靠他亲自去上坡，再亲自下坡，他感受到了差异和区别，他体验了那份感知才是属于他的，否则，永远不是他的。

　　而习得型的上坡或下坡则不同，比如他下坡下到中下段的时候，你用语言告诉他，你要慢点跑，小心摔倒，他没有感觉，也没有感知，他不知道为什么要慢点跑，为什么要小心别摔倒了。只有他去体验，在体验中，他知道，这个地方我要更好地掌控我的身体、调节我的平衡才能走得稳，才不会摔倒。即使你没嘱咐他，只要体验过，他就会知晓，并且完全掌握平衡身体保持稳固的要点。就像今天我们在地铁站，千寻宝宝不停地想去体验那个长长的扶梯，上上下下好几个来回，我就陪在他身边，后面几次我想拉他，他都甩开我的手表示想自己体验，不需要我的催促和叮嘱，体验完了他就会主动离开。

　　所以要让孩子充分地体验事物，丰富他的感知，他自会收获生命成长的礼物，这也是他本身的权力，不该被剥夺。

胆小鬼

我带千寻去公园的篮球场，球场上一群人正在打篮球，我自行车还没停稳，他就迫不及待地想赶快下车加入其中。刚抱他下来，他已经急着要挣脱我的怀抱冲向球场。

显然，这个举动，和他认不认识那群打篮球的人没有关系。那是一群高他很多的成年人，没有关系；他们追逐着来回跑，速度很快，没有关系；他根本都不会打球，事实上他抱起篮球都有点费力，没有关系；别人可能会撞倒他，没有关系，他就是一个劲地想要往球场冲。

我再次看到孩子的天性，即：愿意探索，喜欢探索，主动探索，这里面饱含着勇敢、无畏、兴奋、无限。是的，他对自己是完全没有限制的，这是一份多么宝贵的内在本能、强劲的生命力量。如果我们每个成年人一直保持这份天性，就意味着，每个人必将做到、成为任何他们渴望成为的模样。成年人有很多想实现的愿望，想做到的事情，却总是望而却步，无法达成。核心的原因，就是自我限制阻挡了我们要实现的目标，并且限制不是一个，而是很多很多个，比如我不够好，我不够优秀，我不够聪明，我长得不好看，我声音不好听，我年龄太大了，我出身不好，我学历不高，我没有学过那个，我不会做，万一做错了怎么办，万一失败了怎么办，等等，这重重限制就像一道道坚厚的墙，横在我们和我们想的目标中间，无法突破。

然而在千寻宝宝这个例子中，你可以很清晰地看到自己的天性。

看到他天生是没有限制的，是无限的，我们天生本就是他这样的。

我们转身来到健身器械区，刚好有两个比千寻大一点的孩子在玩跷跷板，他就主动趴在中间的横杆上来回观望，挥手示意我他也想玩。碰巧旁边的小男生不想继续玩了，便给千寻提供了尝试的机会。这是他第一次体验，我在旁边协助着，他兴奋地张着嘴巴，开心地体验着跷跷板的高高低低。刚才从跷跷板上下来的那个小男生并没有离开，而是留在旁边观看。他的妈妈开始边打趣边奚落小男生说，你怎么这么胆小啊，你真是个胆小鬼，这有什么好怕的，你看弟弟都不怕，你怎么像个小女生一样呀。其实这位妈妈对她的孩子有满腔的爱，这完全能看得出来，她内心是想让孩子能够做到勇敢无畏，可是，这样的一番话却严重地打击了孩子的自信心。这和跷跷板没有关系，事实上无论是跷跷板还是别的游乐项目，你要知道每个孩子的状况是不一样的，你能给予他的就是接纳、信任、允许和爱，你能给他的就是这些。在这种爱与自由的环境下，孩子是没有包袱的，也没有恐惧和担忧，他不会时刻想，我要是做不到怎么办，我做不好怎么办，妈妈看着我呢，我的表现她不满意怎么办。他不会恐惧焦虑，而是在一种放松自由的状态里把勇敢和自信发挥到极致。

所以，你只需要看到这个事实，接纳这个事实，不去评判对抗这个事实就可以了。即使他在这个状况下没有做到，也不应该受到你的否认和指责，嘲笑和批评，对比和评判。可能你认为这些无关紧要，只是说说而已，只是为了给他加油鼓劲，可是却给了孩子完全相反的力量。他通过你的评判，你的定义，会认为自己是一个不够好、懦弱的孩子，认为自己总也做不好，很差劲，很失败，就会处在一种自我否定的状态里。

请觉察你的言语，去接纳他，无须给他过多的语言，只给他微笑，接纳，允许，给他爱就够了。他会更加大胆地去展现自己，更加积极勇敢地去探索这个精彩的世界，去体验尝试各种新的事物。

不会说话

千寻宝宝一岁四个月的时候，还不太会说话，只会简单地说"抱""妈""宝"这样的语言，但是他听得懂话，你让他亲你，让他唱歌，让他跳舞，他都能领会。虽然不会说话，可他很清晰地知道要什么，会拉着你的手去他想去的地方。

曾被两个阿姨问起一岁四个月的千寻宝宝会不会说话，我如实答他还不会。阿姨打趣道，嗯，我家孙子也是，和千寻宝宝一样大，还不会说话呢，我就说他，你真是个笨蛋。并且补充道，她小孙子的姐姐小时候很早就会说话了，可不像他笨得连话都不会说。听后我笑笑，没有应和，开心地陪着千寻宝宝继续玩耍。

这让我想起有有姐姐小时候，确实说话比较早。民间也流传一种说法，男孩说话晚，女孩说话早，我并不知道这是否是普遍现象，但我内心知道，这是否普遍并不重要，有有姐姐小时候说话确实比较早，但为何要去评判弟弟说话晚是笨呢？首先你要觉察，你为什么要热衷于去发现这个，去关注这个。其次你要觉察，你不但自己在关注这个，同时还热衷于扩大你所关注的范围，确保让更多人知道并认同。

跳出事件本身来看，你在给这个弟弟或妹妹注入什么样的能量呢？相信我不往下说，你也能在此感受得到。是的，你给弟弟或妹妹注入了负面的否定的能量，你在传达灌输一种信息，就是你做得不好，比起姐姐和哥哥，甚至比起别的小朋友你没做到，因此你不是一个好孩子，你不够优秀，你是个差劲的孩子等等。甚至有些时候你可能就像刚才那位阿姨一样直接说，你是个笨蛋，可想而知孩子得有多尴尬，多么无助和委屈。

　　如果你没有觉察，你会无意识地一再重复这样的言语和行为，伤害孩子幼小的心灵。除此之外，还会让姐姐或哥哥，产生莫名的优越感，并且投射给弟弟妹妹：你是弱小的，你不如我，你得听我的，你需要我的照顾，因为我比你强，因为我比你大，我比你优秀……这样的信号，使弟弟妹妹们备感压抑和委屈，久而久之可能就会让他们失去内在的力量，处处表现得不如姐姐哥哥。

　　因此，我和先生就很尊重两个孩子，也会注意自己的言行。比如我们不会对有有姐姐指手画脚，大呼小叫，说他是弟弟，你得让着他、依着他。如果我们这样做的话，有有姐姐一定会心生抱怨，会很委屈，觉得自己一点也不重要，爸爸妈妈偏心，有了弟弟就不疼爱她了，会争夺这份原本她独有的爱。事实上有了千寻宝宝后，我们给他俩的爱是一模一样的，没有分别。我们也绝不会拿千寻和姐姐比较，不会说，有有姐姐这里好，那里好，你太小了，你要向姐姐学习，听姐姐的话，你快点长大，你什么时候才能长到姐姐那样，会自己吃饭、穿衣服呢。不会，我们会尊重他作为一个独立的生命，他有他内在的神圣本能，会驱使他完成生命的成长与体验，他的力量也是从他的体验中获得的，而不是向某一个人学习，听从某一个人而得到的。

　　这样一来，姐弟俩的关系就非常融洽非常有爱，这份融洽和爱源自他俩内心的流淌，完全自发的行为，而非出自我和先生的灌输和强求。这份美好的感觉不基于你是姐姐，必须要怎样对待弟弟；也不基于你是弟弟，必须要怎样向姐姐学习。没有评判，没有对抗，没有不

207

接纳，没有对他们有爱的分别，就尊重孩子，允许孩子，让他们在爱
与自由的环境里，得到同等的对待。

拥抱变化

如果孩子是在爱与自由的环境里长大的话，他们会有明显的一个特征或者说本能，就是喜欢拥抱变化，会积极主动地靠近变化，会在变化中找到那份独有的快感，兴奋和乐趣。

就比如今天，我们来到户外，在一个大一点的坡道，千寻宝宝尝试着走上去，到了上部平坦的地方时，就驻足在那里。我能读懂那一刻他的感受，他在觉得，哎，那个坡道好神奇呀，跟别的地方怎么不一样。我在下面示意他下来，他就尝试着自己下来，走到中后部的时候，他发现自己停不下来，所以就顺着惯性连走带跑往前冲，下来时我及时接住了他。这激起了他很大的兴趣，在这个坡道上来回体验了好多次，兴奋异常，特别开心。

这让我看到，生命有一种能力或者有一种属性，就是并不喜欢一成不变的事物，因为一成不变代表着着枯燥与乏味。如果抚养者本身就是一成不变的，不愿意动，不愿意看到变化或拒绝变化，那他也会用这样的方式对待孩子，会试图阻止他探索新的事物。久而久之，便扼制了孩子与生俱来的适应变化的本能。这个世界是瞬息万变的，如果你"封锁"了孩子的这项本能，那他在应对变化的时候就会是一种悲观、恐惧、退缩的状态，他在变化里看到的是否定，恐惧和焦虑。如果你总是允许他尝试变化，体验变化的话，他会在这份变化里找到新的生机，新的乐趣，新的兴奋点。他觉得太好玩了，太有趣了，这一切就激发了他的生命活力。

　　这是两种完全不同的生命状态，允许他，拥抱变化；允许自己，拥抱变化。你就能在变化中找到新的乐趣，新的兴奋，新的喜悦。

细致地分享如何带宝宝出行

第一次独自带千寻宝宝出行是在他一岁两个月的时候，之后我再独自带他出行就越来越娴熟，越来越轻松。这里面的细节就是，行李要简单，一只大行李箱就能装下我俩的所有物品，外加一个背包，可以是双肩包，也可以是单肩包，装一些随行证件，饮品，纸巾，尿不湿等，方便途中使用。

通常情况，从家出发到车站或机场，要么是先生开车送行，要么是网约车出行，无论哪一方式，都很方便。先生送行的话，他会帮忙拿行李，如果是网约车出行的话，在出门后步行的路段，通常我会背好背包，打开行李箱的拉杆让宝宝坐在箱子上推着他走，但推行的时候要注意速度，一定要慢。这个时候，宝宝体验了不常有的经历。他坐在行李箱上，像小推车一样被推着走，很开心。这会省下我很多精力和体力，是一个非常轻松的方法。

出站或出机场，也是同样的方法。通常会有预定的接车服务或者网约车，司机看到你拉着行李、带着孩子，都会主动给予关照和帮助，你只需要照顾好宝宝和随身行李。到达酒店也一样，工作人员会来协助搬运行李。我与千寻宝宝独自旅行的过程基本都是这样顺利完成的，并不复杂。

很多时候，在机场或者车站有空余的时间，他会下地走一走，这里的空间足够开阔，推着箱子，背好背包，就跟着他的节奏慢慢地走。有趣的是，机场或车站通常会有很多大的指示牌，柱子，扶梯以及穿梭的人群，无不令他感到独特与兴奋，有时甚至会加快步子尖叫着往前冲，以此表达他的兴奋。这总令我欣喜感动，在他那里一切的发生都是好玩的，有乐趣的，他总能随时让自己完全融入当下的环境中，发现并找到新的兴奋和乐趣，"无聊"这个词是不存在的。

我在他身上收获到了智慧的核心就是没有评判，没有先入为主，固执地认为一定要怎样，必须得怎样，只需允许他跟随新的境遇去体验就可以了，这样的话，我也感到很轻松。

你在孩子身上找什么

从来没有人教导过我们要把自己的思想训练在主动去看，去寻找，去关注正向、美好、积极，令我们愉悦的那一面，那个方向。

我们会不自觉地、惯性地去关注并寻找哪里错了，哪里是不好的，哪里是有问题的，给自己的生活持续地、无意识地创造了越来越多的消极、抱怨、问题、痛苦和挣扎。

在养育孩子这件事上也是完全一样的。你可以认真地去观察一下，你总在关注他身上的什么方面呢？他不好好吃饭，他太闹人了，他不听话，他胆子很小，他总是做不好，他不如别的孩子好，他消化不好，他身体很弱，他弱不禁风……你寻找的是这些吗？或者说，你关注到的总是他很会吃饭，他睡眠很好，他很好带，他总是好开心，他总是好有爱，他很勇敢，他做得太棒了，他好独特，他很强健，他很皮实，他的免疫系统非常强大呢？

如果你的答案是第一个，那么，也请不要责怪自己，请先接纳允许自己，然后开始觉察，停止让自己朝这个方向去。我们可以把自己调整到关注正向美好积极的方面，毫无疑问，你就会在孩子身上看到越来越多的闪光点：他的眼睛很清澈，他的笑容很灿烂，他很阳光，他很健康，他很勇敢，他很坚强，他乐于分享，他无所不能，他很好，他总是很有爱，他总是给到你很多爱，他总是很欣赏他自己，他总是很开心，他总有使不完的力量，他的精力总是很充沛，他总在兴奋，喜悦的美好感觉当中，他喜欢探索这个美妙的世界……

请相信我，如果你在孩子身上看到一个不足，十个不足，几十个不足，那么，其实也意味着他的身上有一个优点，十个优点，几十个优点，无数个优点。取决于你在关注什么，你在他身上寻找什么。因为无论你关注什么，寻找什么，你总能够找到，找到更多。所以，很多时候不是我们在养育孩子，而是在进入我们的内心，照见我们拥有的是什么。你拥有的是什么，你就会在他身上投射什么，你投射什么你就会得到什么。所以，一切不是关于他的，是关于我们自己的。

你想给自己的生命和生活带来更多的开心还是不开心呢？你想更多地证明你是对的，孩子是错的吗？如果秉承这样一个信念的话，那我可以肯定地告诉你，你会让自己过得很不开心，孩子也会很不开心，你的家庭成员也不开心，你们彼此会有很多的对抗、争论、否定，陷入试图改造对方却又无法改造对方的混乱中。随着孩子年龄的增长，你会越陷越深，你们的亲子关系会变得越来越糟糕。

然而，调整一个方向，当你开始去关注去寻找他的闪光点，他的优点，他的独特，你便会主动放下很多不必要的包袱，对抗和期待，自然地，你就会变得轻松，你们的关系就会变得亲密愉快。你也不再试图在他面前证明你是对的，他是错的。你看当你试图证明他是错的，你就在无意识地寻找他的错误，你就会找到你想要的——你在他的身上挑出一条、十条、百条的不如意。这个不如意并不是真相，只是不如你意而已。可是，你要看到，孩子从一个胚胎，有了独立的心跳那一刻起，他就是一个独立的个体。尽管你们是母子关系或者父子关系，可事实便是，他是他，你是你，你们无法替代对方，也无法替对方做决定。

所以，请相信生命的本能每时每刻在为孩子保驾护航，你要做的是掌管好自己的人生，学习提升自己，让自己成为一个开心喜悦绽放闪耀光芒的家长，成为他生命里的一个榜样，这胜于任何说教。

老房子

　　每次回到家乡，散步的时候，就会路过一幢老房子，这幢老房子承载了很多我儿时的记忆。

　　每次散步到老房子这里的时候，我脑子的想法就会很有意思，每每会把我带入很久之前老房子的记忆里，我想起这里曾经是个小卖部，那时我们经常在这里买东西。当今天再次走到这里，我内心的声音很清晰地告诉我，亲爱的，如果你不把那个久远的记忆片断带进全新的今天，全新的此时此刻的话，那么你会清晰地看到，此时此刻是没有那些记忆的，当下是新的是空的，是一份全新的能量。瞬间我就感觉到了内心的轻盈和喜悦，并惊喜地意识到我们每个人的生活是怎样被自己创造出来的，是怎么运转的。

　　绝大多数人在生活里都会不自觉地陷入旧有的记忆里，并且可怕的是，人们不是回到过去美好的记忆里，而是习惯性地回到过去那些不好的、苦难的记忆里，硬生生地把那个早已经过去了，早已经消失了的记忆带到全新的今天、全新的当下。就像此刻我散步路过这幢老房子一样，如果我保持觉察，不把过去对这个房子产生的记忆带入此刻当下的话，那么它对于此刻当下就是不存在的。但如果我无觉察的话，大脑就会惯性地把我带入很多年前很久远的过去，你看，我硬生生就让自己错过了当下，错过了当下的美好。

　　这是很普遍的现象，也是很常见的例子。就像昨天飞过枝头的那只鸟，它今天不在这里；家门口一直在流的河水，今天流过的水也不是昨天的那片水流。每一天，每个当下都是新的，它没有来过，也不会再来，它不属于过去，它属于它自己。只有当你意识到每一天都是全新的，每一刻都是全新的这个真相时，你就能改变、融入新的一切，你才会内心平和，才会对自己感到满足和感激，才会和每一天的每一件事和平共处，享受生命里的每一天。

就像久负盛名的心理专家露易丝·海在《生命的重建》著作中提到的核心观点一样：我们可以像选择食物一样选择我们的思想，一切由我们决定。她还举了自己小时候被强暴的例子，作者的力量与强大在于，她领悟到的真相是：身体只是受了一次伤害，而大脑不放下、不放过的话，就会让自己每天都受一次重复的伤害。

如果你用大脑去回忆，把过去带到此刻、全新的当下的话，那你在做什么呢，你在重复地活过去，你就看不到全新的当下，感受不到此时此刻的完美，闻不到这里腊梅扑鼻的芬芳，也看不到迎春花已悄然在枝头绽放。

当我们放下过去的时候，才能确保让自己活在全新的当下，才能看到当下呈现给你的新鲜和美好。

当你真正领悟这篇文字的强大和精髓后，我想你绝不会再盲目地把过去一个又一个的故事，一次又一次地重复地带到全新的今天，全新的当下了。因为你不想错过全新的今天，全新的当下，你只想活好全新的今天，全新的当下。换句话说，全新的今天和全新的当下与昨天没有关系，与过去没有关系，它完全由你来创造。

祝福

正月初十，我回到家乡和父母团聚，不出十五都是年，所以，整个新年期间，都围绕一个"新"字，空气中弥漫着喜悦、祝福、美好的味道，亲友见面都会问好，把美好的祝福送给对方。

对孩子更是如此，似乎给他怎样的祝福都不为过，每个人都会发自内心地给孩子满满的爱与祝福、夸奖与欣赏。

然而，回到我们自己，回到那个珍贵的独一无二的我们自己身上时，往往就给不出这种祝福、夸赞、欣赏和爱，就总觉得没有必要，就永远把别人放在自己前面，他可能是孩子，可能是父母，可能是爱人，可能是七大姑八大姨，永远不会是自己。而自己在这个排序里是没有位置的，即便有也会是最后一个，最不起眼的那一个，被忽视的那一个。或者是，想这样做，却不好意思，开不了口。

我就在想，为什么呢？其实是因为我们从小到大，被教导得最多的就是要对别人好，别人优先，这才是美德，要把爱给别人，这才是伟大的，才是一个足够好的人。当然，我并不否认，要对别人好。只是，在对别人好之前，我们可否对自己也同样地好呢？也把祝福和爱、赞美与欣赏分一些给自己呢？

回望孩子，回望千寻宝宝这样的孩子，他们代表的就是小时候那个真实的、真诚的、正直的、干净的、清澈的、纯洁的我们自己。在那个阶段的我们永远是把自己放在第一位的，永远觉得自己是最好的，永远觉得自己是值得被爱的，因为我们内在是满的，是感觉好的，是没有匮乏和需求的，所以，我们给别人的也是很纯净的爱，同时，因为自己内心觉得自己很重要，也会理所当然地认为，自己值得被祝福，值得被欣赏，值得被爱。

所以，你看在那种情况下，无论是给出爱，还是接受爱都是顺畅无阻的，没有丝毫不好意思，没有丝毫觉得自己不值得。这份美好美妙的感觉，让成长至今的我认为，"我"是排在第一位的，这并不是教大家自私，你要看一下真相，因为，如果没有我，我世界里的一切都毫无意义，都是不存在的，所以，我要排在第一位。换句话说，我在我的世界里是最重要的。那么，我在给出赞美，给出祝福，给出爱，给出欣赏，给出接纳和允许之前，一定是把这些通通先给自己。当我把这些给自己的时候，我内在就是满的，这些爱、祝福、欣赏、感恩、赞美、值得、配得、接纳、允许就进来了，都在我的内在。我"有"这些东西，就会自然而然地、真诚地给出去，给外面的人和事物，所以，我给出的就是很真实的祝福，别人是能感受到爱的流淌和滋养的，那里面有真诚、有温度，能够打动人心。

所以，无论我的祝福是给爸爸妈妈，先生孩子，还是兄弟姐妹，我给出的一定是真实的，一定是我首先满足了自己，不带着任何匮乏，不带着任何牺牲，不带着任何情绪，不带着任何强迫地给予，这是非常强大、有力的一种支持和滋养，一种爱的流淌。

这里面，大家一定要区分，不要把它等同于自私，因为"自私"在我们的认知里，某种程度上是一个贬义词。可是，你静下心来，回到你的内心，去看一看，有逻辑地看一看，首先，在你的世界，如果你不重视你自己，忽略你自己的话，那你就会被淹没在这种庞大的外在世界里，你感到不舒服，不自在，你给出的祝福也是不情愿的，带着情绪和怨气的，是心口不一的，总觉得是不得不做，这个会伤害到你。同时，你世界里的一切都是由你扩展出去的，你是中心。打个比方，如果这个人不存在了，那他世界里的一切就都消失了，所以，你要把自己放在第一位。

还有一个词语可以辅助我们理解，就是，爱满自溢。这就好像是一个杯子，如果杯子是空的，它没有办法溢出任何东西；如果杯子的水是满的，自然就会往外溢，是一样的道理。就是我们把祝福，把爱，把赞美和欣赏，先确保给我们自己，灌满给我们自己，我们的内在被填满了，不再是空的，那么美好的感觉就会从我们的心田往外溢，这个叫爱满自溢。

爱与自由养育下的孩子不乏勇敢和自信

在商场的游乐区，一岁五个月的千寻宝宝随心所欲地穿梭于他想玩的任何游乐项目中。

无论是电子游乐器械项目，还是声光电游乐项目，他都会在那里从容自如地玩耍，每样东西像是自家的一样，没有丝毫的畏惧、担忧或恐惧。实际上电子游乐器械项目有很多成年人在玩，他去了以后，看到各种闪烁着霓虹的设备播放着背景音乐，反而开始兴奋了，冲上去想要体验，想与它们亲密接触，并不畏惧旁边有个大哥哥或者叔叔阿姨正在游玩。在一个区域玩好了，那份好奇和兴奋的感觉被满足以后，他就会自己选择去玩下一个他感兴趣的项目。

不单单是在儿童游乐项目上他是这样的表现，即使在小区里或者公园里，他看到一些好玩的玩具或者他喜欢的食物，也会强烈地表达他想要的愿望，甚至你不及时阻拦的话，他的手就伸过去了，想去争夺这些玩具给自己。在这里首先抛开争夺玩具的行为是好是坏，这里更多探讨的是孩子的勇气和自信。在爱与自由的环境下养育大的孩子，就像千寻宝宝这样，他天生没有恐惧，这是特别明显的特征。他有的就是一种自信、勇敢和无限可能，他觉得他可以，他觉得很兴奋，他觉得他要去尝试，他没有那种退缩、胆怯的表现。

这也与有有姐姐小时候形成了巨大的反差。姐姐大概三岁的时候，在游乐场不敢单独去玩这些游乐项目，会紧抓着大人的手一起参与，如果你不参与，她宁愿放弃。有有姐姐小时候受到了很多的约束和限制、呵斥和指责，久而久之，她兴奋、好奇、勇敢探索的天性就随着环境的压制而改变，她会把自己很多的触角收回来，压下去。当然，随着我与先生的自我成长与观念意识的提升，后来在养育有有姐姐的过程中，我们也给予她爱与自由，允许与接纳的成长环境，她也变得越来越勇敢，越来越活泼自信，她的天性逐渐得到了释放和扩展，过得很开心，总是活力四射。

在爱与自由的环境下养育的孩子，他不单单会表现得很勇敢、很自信、很好奇，同时，在他的情绪完全得到自我满足并主动释放以后，不会对任何事物上瘾。比如他不会过分迷恋、依恋、执着于某个游乐区的某个游乐项目。也就是，我们在游乐场无论是玩半个小时还是一个小时，或是更长时间，千寻宝宝不会在临走的时候哭闹着不走，离不开。这也和有有姐姐小时候形成反差，姐姐小时候去了游乐场就不愿意走，或者走的时候，也是极不情愿的，好像我今天走了以后，以后就不能再拥有了。在开放的爱与自由的环境下养育成长的孩子，是没有这些担忧和恐惧的，在这方面也特别容易得到满足。他只是在拥有它的时候极致地去享受它，让自己参与到这份美好的体验中，让这份美好的感觉流经自己。就是这样的感受，很轻松，很愉悦，很自在。

不要试图驯化孩子变得随波逐流

孩子的生命力异常旺盛，总处在能量饱满的状态，充满着兴奋、好奇、激情的色彩。

正因为总是处在这样的状态里，所以孩子会在各种事物上，各种探索里极力地释放这份饱满的激情和能量，他不想重复地体验一件事情，只尝试一种体验，那个不是他的目的和初衷。天性使然，他想要体验不一样的事物，想要体验变化，想要尝试更多，探索更多，这是他羽翼渐丰的重要时刻，也是生命的乐趣所在。

实际上，我们每个成年人跟孩子是一模一样的。然而，随着我们长大，随着一天天被集体意识驯化，我们逐渐地褪去了原有的好奇心与激情，精力和能量变得分散，生命状态被削弱，不再像孩子那么充满激情，那么活力四射。那么问题的关键就来了，如果我们以这样的状态和孩子待在一起的时候，就会无意识地沿用我们的这种生命状态去影响他、驯化他，不愿意让他有更多的尝试和探索，或者就干脆直接打压他的各种尝试和探索。

举个例子，你和孩子同时游走在迪士尼乐园里，孩子不想只体验一种游乐设施，不想只体验走路，只体验坐在椅子上休息，只看着别人玩，这不是他想要的。他想体验各种游乐设施带给他的不同感受，有的可能是上上下下的体验，有的可能是高低起伏的体验，有的可能是在黑暗中穿梭的恐惧体验，有的可能是刺激冒险的体验，有的可能是快速旋转的体验，总之都是不一样的兴奋，不一样的感受，这个是他想要的。他想把他的生命之花开在这样的体验里，而不是一成不变的生活，一成不变的体验。我们作为孩子的抚养者和陪伴者，应该要警醒，不要用我们一成不变的生活模式和惯性的思维方式去驯化他，持续这样做真的会浇灭他的探索欲。

你要知道他这份宝贵的生命初始状态，也就是激情满满的探索欲望，这种旺盛的生命力，是多么宝贵的财富，这是他应对日后人生百味的基石。就像他的一个百宝箱，里面装满了勇敢、探索、激情、饱满的生命种子。无论是日后的学习，技能的获取，工作上的成就，事业上的进取，还是组建家庭，探寻某样新的事物，新的领域，这都会给他提供源源不断的支撑和力量，以及无限的信任和信心。他在这样的内核驱动下，是没有任何恐惧和担忧的，也是没有任何焦虑和焦躁的，他会信心满满地去涉猎他感兴趣的各个领域，那里包括新的人、事、物，而不是对感兴趣的事物望而却步。

我时常告诫自己，我能给予千寻宝宝最大的爱，最好的爱，最大的支持，最好的支持，不是我能给他提供什么样的物质，什么样的环境，什么样的衣着，什么样的食物，远不止这些。我能给他多高程度的允许，能够多高程度地维持他原有的这份天性，能够允许他的天性去驱使他做想做的事，成为他想成为的人，是他内在力量树立、建立、维持的核心和源泉。

我一直是这么做的，千寻宝宝也一直表现得非常兴奋，总是充满活力，总是很有信心，很勇敢。他的这种兴奋和激情总是在每时每刻，淋漓尽致地呈现给我一个又一个的惊喜。事实上他的很多表现会好于同龄的孩子。

　　所以，我也一直在这样践行，并乐于传播分享这份无形的力量。同时，这样的养育方式，你轻松，他也拿回了原本属于他的天性力量，何乐不为。

宝宝餐椅

　　在妈妈家小住的日子里，我特别明显的感受是，选一款好用的宝宝餐椅很有必要。这个时期的千寻宝宝一岁五个月，几乎每天都面临喂饭的情况。

　　在我们家，他有一款专属的宝宝餐椅，吃饭时，都是坐在餐椅里，只要保证面前有一些他喜欢的玩具或者餐具，就会很容易度过吃饭的时光，二十分钟左右，一餐饭就吃完了。除此之外，宝宝餐椅还有一个很大的功能，就是让他喜欢在不同的时段主动坐在里面玩玩具。这种喜欢源于两个方面，一方面他坐在里面，餐椅面前有一个很大的操作台，在那里玩玩具他感觉很舒服。另外一方面，这款餐椅足够高，他坐在里面的视线和大人坐在餐桌旁的视线是一样的，这会让他感觉到舒服。基于这些，他就会主动选择坐宝宝餐椅。

　　关于宝宝餐椅的建议，如果家里空间允许的情况下，尽量选择款式高的，能扩大他视线范围的。餐椅前面可以有一个略大的台面，便于喂食，也便于他自己玩乐。通常情况下，饭店餐厅用的宝宝餐椅是偏低一些的款型，更加小巧，前面会有一个略小的台面。对于家庭来说，我会更倾向于选择高大、台面宽敞的款型。

　　这也让我想起有有姐姐小时候，那时我们还没有这个意识，就没有给她选一款宝宝餐椅，以至于在她会走路但还不会自己吃饭期间，要面临走动式喂饭，就是不停地走来走去，无法固定在一个地方安静地吃饭。所以，姥姥那个时候给有有姐姐喂饭就显得很困难，时常心生情绪，甚至指责有有姐姐不好好吃饭。

可见，尽早给宝宝选一款合适的餐椅是很有必要的。

让情绪流经孩子

通常情况下，千寻宝宝在饿了或者困了想睡觉之前会情绪烦躁，甚至会哭闹。

一般来说，我会掌握他的下一餐进食时间，提前准备好食物。也就是说，我在他饿了的情绪表现上还是比较稳定的，不会等到哭闹不止，情绪烦躁了才去喂他。而在睡觉这方面，如果在家，我也会掌握他即将入睡的时间，会充分准备好，安抚他入睡，所以他也不太会表现得情绪烦躁或者哭闹。

有时出门在外，没有及时满足他的睡眠，比如今天在姥姥家，就遇到了这种打乱节奏的现象，他就情绪烦躁，哭闹开来。我的做法是，允许他，让这份情绪流经他，而不会试图对抗、掩盖、压制这份情绪，不会要求他不要哭，或者恐吓他再哭妈妈就走了等。因为我知道这样做起不到任何作用，还会适得其反。

也并不难理解，试想一下，如果你正处在某种不安的情绪中，这个时候你的伴侣一直在试图用语言制止你、反驳你、劝阻你、呵斥你，甚至嘲笑你、恐吓你，这样做只会让你更加烦躁不安，而且你也根本听不进去。实际上，在那种状况下，你最需要的是一份接纳、允许和陪伴，是无声的或默默的陪伴就可以了。当这份情绪流经你的时候，它就过去了，你很快就会冷静和平静下来，而不是在对方的极力劝阻下冷静下来。

　　我快速地清洁好千寻宝宝的身体，躺在床上，安抚了一会儿，他就进入了梦乡，非常管用。

　　很多时候人们遇到这样的状况时，是慌乱的，是不知所措的，即便是生养过很多孩子的人在这方面也是慌乱的，不知所措的，总是想打压控制住这样的局面，总想先入为主地呵斥他、制止他，这样做真的会加重混乱的局面，因为你在否认他的情绪，对抗他的情绪。任何事情，你越对抗就会越持续、越加剧。尽管你用恐吓的方式平息了局面，也强制他停止了哭泣，但此时他是在恐惧中强忍着情绪的流动，使他发展出来一种"害怕、担忧、不被接纳、不被认可"的人格。

　　而我最轻松的做法就是接纳允许，让情绪正常地流经他，因为这本身也是一份真实的生命体验，他就正常地去体验就可以了。我做好该做的一切，在他身边默默地陪伴他，安抚他，安顿好他睡下，或者抱他一会儿，轻轻拍拍，抚摸一下他的头，亲吻一下，他很快就会平静下来。你会发现，他平静下来以后，有可能还很开心地要和你玩一会儿，完全忘了刚才的焦躁，也可能很快就进入了梦乡。这个时候他发展出来的人格就是"安全的、被接纳的、被允许的、被认可的"，是一种支持，一种抱持，一种安全感。这与前面形成了鲜明的对比，是完全不一样的心理模式建立。

允许

允许真的是一个很大的话题，甚至为此展开写本书都不为过。在《嘘！你是无限的》一书当中，我曾分享过允许，就是对孩子的允许。

在此我想扩展到另外一个层面，那就是我对妈妈的允许。我自认为对孩子了如指掌，是最了解孩子的妈妈，是亲子关系非常融洽的妈妈。我总能感受到源源不断的爱，也能够给予源源不断的爱，我尽量让自己给予的爱是无条件的，我爱孩子不是因为他听我的话，他做我让他做的事情，他活成我想让他成为的样子，我才爱他。不，我爱他，只因为我对自己感觉很好，我对生命感觉很好，以至于我的内在是被美好和爱填满的，所以，我只能给出我内心拥有的东西，只想去爱他，完整体验并享受我与他的这份亲子关系。

对孩子如此，对我的妈妈也是这样的，我几乎从来没有将我的育儿理念强加给我的爸爸妈妈。

比如，春节过后我在妈妈家住了一段时间，妈妈会帮着一起照看千寻宝宝。刚刚就发生了一幕，我在楼上整理资料，千寻宝宝和妈妈在楼下，原本妈妈是要带他出去玩的，这中间不知道什么原因，他们俩突然发生了对抗，妈妈的描述是，千寻宝宝站在那里不动，妈妈对他说："你走过来我就抱你"。然而孩子感受到了姥姥的"胁迫"，内心感到紧张和不情愿，他原本的想法是想让大人主动抱他，却未得逞，这样拉锯了几个来回，千寻宝宝就哭了，他俩就这样僵持着，结果孩子的哭声越来越大，我赶紧下楼把他抱起来安抚。平息后，最终妈妈还是把他带出去玩了，临走的时候，还在打趣地说："真是个会磨人的小孩儿；你这个难缠的小孩儿；你要不要跟我出去玩呀？你要是不跟我出去玩，我自己走了啊，姥姥不要你了啊。"我也能感受到妈妈是在开玩笑，她在用自己的方式和孩子打趣、逗乐，但不代表我也会用这样的方式。

在书中你们不难感知到，我并不建议人们采取这样的方式对待弱小的孩子，我也从来不会让自己这样做，所以，我和孩子的关系总是轻松、融洽、愉悦，彼此享受的。这里面没有对抗、没有拉扯、没有征服，没有消耗、指责、抱怨、评判，试图控制、改造对方、试图用成年人的思维要求他，甚至威胁他，让他最终妥协去我想去的方向。我从来不这样做。

然而，此刻，很有趣、很重要的是，在这种场景下，一个是我的孩子，一个是我的妈妈，一个是自诩最了解孩子的育儿专家、最懂亲子关系的作家。那我会怎样去处理这样的状况呢？你们是不是也会好奇并期待我接下来的分享呢。答案很简单，我不会试图去纠正我的妈妈。除非，妈妈有意愿接受这些新的育儿理念，主动说，怎样才能减少亲子关系中的纠纷呢？怎样才能拥有融洽的亲子关系呢？怎样才能每时每刻享受亲子关系呢？除非她主动这样问，我会敞开心扉不带评判地去和她分享。但如果她没有意愿问我，意味着她没有意愿要改变，意味着她不认为她做的是错的，也意味着她对新的育儿理念是不接纳的，或者说是没有准备好去接受的，那我就不会试图纠正她。因为，任何人都不会做出错误的决定，都只会做出他们认知理念里最好的决定。在妈妈的认知理念里，那一刻就应该用这种方式去处理，所以她的行为匹配了她的思想观念。当她对新的育儿理念是不接受的时候，我是无法强加给她我的轻松育儿理念的，无论我分享得多好，多管用。

也不难理解，假如这个时候，我处在愤怒的情绪里，去指责她，去抱怨她，去批评她，立即就会有一场家庭纷争在等待我。所以我能做的就是，做好我自己，管理好自己的情绪，接过千寻宝宝抱抱他，拍拍他，安抚他，不再对此过多地讨论，争论谁对谁错，我就不会产生任何的情绪，我能做的就是回到自己的中心，把我最大的、最好的、最满的、无条件的爱给出去就可以了。

孩子自然能感受到妈妈的接纳、允许、和平和扶持，妈妈也能感受到我的接纳、允许与扶持。因此，他俩都会感觉到和平和舒服，没有人在这件事情上持续纠结。

待一切平息下来，我就会允许千寻宝宝自己做出选择。他是选择此刻和我一起待在家里，还是选择此刻和姥姥一起外出，很快他就做出了清晰的选择，表示想和姥姥一起出去玩。自然我也是允许的，他们就一起出去了，我就放下了这件事情。

这里还隐藏着另外一个点，那便是，我内心非常清晰并知晓，回家探亲，要住多长时间，也是我与千寻宝宝的主动选择，并没有人强迫我们，所以，我没有对此产生丝毫的抱怨和评判，因为一切是我选择在先，如果我体验够了这种生活模式，我可以做出新的选择，就是回到自己的家里，回到我和千寻宝宝相处的天地里，不受纷争的困扰。因此，当我清晰并知晓这些的时候，我就在心里自问自答，回到家乡的目的是什么呢？我回到家乡的目的是探亲，看望父母，陪伴他们度过短暂而开心的时光。

　　我处理这一切的方式都是默默无声地给孩子做出一个榜样，一份引领，他也会感知妈妈与姥姥的不同，他也会体验到不同的人给他的是不同的爱。这些不司，对他的生命来说，或者对于每一个人的生命来说都是至关重要的。因为随着你长大，你在社会中会经验到很多的不同，正因为你体验了很多的不同，这些不同会给你一个方向和指引，让你清晰地知晓，哦，什么样的感受和体验是你真正想拥有、想去经历的。那份指引，那份感觉就会越来越多地把你引向内心喜欢的互动模式里。

　　当站在这个立场上再去看的时候，一切都变得很宏大，眼前的事件并不代表绝对的好或不好，只是不同的体验，这些不同的体验背后都会有它该有的生命指引或者礼物送给孩子。

在家带孩子不丢人，你为人类的繁荣昌盛做了很棒的工作

对我来说，带孩子是一件无比美好且珍贵的事情，是我人生当中对妈妈这个角色的特殊体验。

可以说从孕期到孩子出生，到幼小阶段陪伴他成长，是我人生中非常宝贵、难得且美丽的经验，它独特而美好，错过便不会再有。

曾经的我是职场达人，全面掌管着公司的运营。那也是我人生中重要的体验之一，在那个阶段也许我就应该有那样的体验。然而，现在的我完完全全臣服于全职妈妈这个角色，让自己全身心地沉浸其中，并收获到无与伦比的喜悦、满足和来自于孩子的纯净、纯洁、纯粹的爱和滋养，这是任何物质与金钱都无法给予和比拟的。

很多人对全职妈妈这个角色有评判或有不认同。比如说，我好歹也是大学毕业，怎么能在家带孩子呢；事业更重要，我怎么能放弃事业在家带孩子呢；我还那么年轻，怎么能安心在家带孩子呢诸如此类。你看，集体意识赋予的是：我怎么能在家带孩子呢？这是一个反问句，就好像在家带孩子是一件无价值、无意义，甚至略带羞耻的事情，是一件见不得人的事情，是一件低廉的事情。我不知道这种观念是怎样形成的，但由于我在深度参与孩子的成长，知晓孩子从出生到三岁是非常重要的建立稳固身心健康的阶段，我知道妈妈或者爸爸全身心地参与陪伴孩子的成长是极具价值，极具意义的，可以说比打拼事业、积累财富上更重要。而且，任何一个孩子，对妈妈天然的依恋

是在孕期通过脐带的连接时就产生了，假设集体意识没有给全职带孩子的妈妈赋予否定的引导和标签，那我相信会有更多的妈妈愿意全身心地投入到带孩子这件事情上。

　　当然，每个人都有选择的自由，并没有谁对谁错、谁好谁坏，都只是不同的体验。借此篇我想把它的意义升华，就像温尼科特在《婴儿与母亲》一书中所说的那样，他说："我想大家也会同意我的这个想法，那就是，女性怀孕后通常会进入一个特别的时期，并且通常在婴儿出生后数月里逐渐恢复。在这个时期，很大程度上她就是婴儿，而婴儿也就是她。关于这些并没有什么可奇怪的，因为，她曾一度也是婴儿，她身体里有曾经身为婴儿的记忆，她有被照料的记忆，在她作为母亲的体验中，这些记忆如果不能帮助她，便会妨碍她。"他还说："母亲高度专注于她的婴儿和对婴儿的照料，出生后三四个月，婴儿就可以展示他（她）所知道的母亲的形象，这里的形象指的是母亲专注于某个实际并非她本人的东西的状态，包括情绪、神情。"温尼科特是母婴关系研究领域的鼻祖，他研究了成千上万例母婴关系的互动，提炼出了它的核心要素以及对孩子久远一生的影响，那便是妈妈对孩子一生的塑造和影响，其意义尤为深远，甚至是决定性的。可见妈妈在婴幼儿时期对孩子的陪伴，全身心的参与是极其重要的，它是不可或缺的。

　　所以，假使你像我一样是一位全职妈妈，正在陪伴宝贝的成长，请你意识到你在做一件多么伟大、多么有意义、多么重要的事情，你为人类的繁荣昌盛做了很棒的工作，这是非常值得称赞、值得肯定、值得颂扬的。你完全可以不受集体意识标签的影响，就全身心地陪伴孩子。我绝对相信，在这个陪伴的过程中，你也收获到了无与伦比的喜悦和来自孩子那份无条件的爱的滋养，在这个过程当中，你的享受、你的满足感、你的喜悦，是要远远大于所谓的付出或者辛苦的。

其次，你和别人不一样，你天生与众不同；你的宝宝和别的宝宝也不一样，天生与众不同。就像每个人的指纹，它是独立且专属的，所以，你内心的感觉，收获到的感受实际上就是最好的答案和指引，你也无须受集体意识的影响，你的内心知晓，你做的这件事情它有多么重要，它的意义有多么重大，你的价值有多么突显。这件事情在我看来，它丝毫不亚于人们在事业上的追求，它只是作为人类在社会中不同的角色体验而已。所以集体意识一味地赋予人们去追捧哪一个好，哪一个不好，哪一个价值更大，哪一个价值更小，是毫无道理的。如果你愿意抛开这些，回到作为"人"这个本质的角色来看的话，那带孩子就是一种不同的角色体验，如此而已。

我们每一个人从小长到大，再渐渐老去，在这整个过程里，本身就会面临很多不同的角色，我们的一生也在不同角色的变换中度过，通过体验来丰满自我。所以说，在你的人生长河中，拿出一定的时间来充分完整地体验妈妈或者爸爸这个角色，是意义非凡，极具价值的。

你为人类的繁荣昌盛做了很棒的工作！

两种完全不同的创造

　　我称此为两种完全不同的创造。一种是大家和传统意识非常熟悉的模式，就是恐惧担忧地创造；还有一种模式，是人们和传统意识不太熟悉，而我特别熟悉，也在乐此不疲地分享的模式，就是爱与祝福的创造。

　　因下午我要外出，千寻宝宝由姥姥帮着照看，回来的时候，我看到千寻宝宝额头鼓起一个大包，有些瘀青红肿。姥姥说他摔跤了，并且说蛋清可以去除瘀青，就给鼓包的地方敷了一层。千寻宝宝已经在姥姥的怀里睡着了，姥姥继续描述着摔跤的细节，我没怎么听，平和地说没关系，宝宝睡觉了，那我先带他睡觉吧，平和而温柔地接过他回到卧室。此时我没有对妈妈产生任何情绪的对抗，反而觉得千寻宝宝的鼓包很快就会好起来的。

　　我知道，孩子的新陈代谢非常快速，我们成人也一样，所以事已至此，我没有必要去指责，或者抱怨，或者担忧。并且，此刻我很清晰地意识到，这个事实已经发生了，怎么发生的已经不重要了，我能做的就是去接纳、看见这个事实的发生，既然它已经发生了，此刻我去抱怨、对抗、指责、评判都没有意义，只会令气氛紧张，给所有人增加情绪上的困扰，而情绪就像一团黑色的乌云，它会笼罩住整个气氛，会令所有人都压抑不舒服。

　　此刻我能做的最好的事是，趁着他熟睡这会儿，我就搓热掌心，用温热的掌心敷在他额头鼓包瘀青的地方。我的掌心接触到这里的皮肤时，我很平静，很温柔，对这个鼓包这个瘀青就像它是我的一个小宝宝一样，我给它传递的全部都是爱与祝福，传递的理念是，我爱你们，我看到你们已经在全力地修复中，你们做得太棒了，我太欣赏你们了，谢谢你们，我爱你们。我能够感受到温热的掌心与他皮肤接触的那种感觉，我感觉也很舒服，似乎他的身体细胞也在回应我说，放心吧，我们在修复了，很快就复原了。

大家要注意的是，可能你们更熟悉更习惯旧模式的做法，就是会出现几种声音，比如，哎呀，怎么鼓了这么大的包，怎么办呀？哎呀，幸亏是伤到额头了，没有伤到眼睛，要是伤到眼睛了怎么办呀？哎呀，我要是不出去就好了，就不会发生这种事情了。哎呀，姥姥带孩子太粗心了等等，可能这些反应是你们最熟悉的，然而，你说这些是没有意义的，这些全部来自于恐惧、担忧、指责、抱怨和对抗，这些只会加剧并扩大事实的发生。

我的做法是接纳这件事情的发生，然后就结束了。后续我要做的全部就是，在这件事情上，给它爱与祝福。我所有的关注点都在，哦，他很快就好了，他已经在恢复当中了，马上就复原了，马上就会好的。这是完全不一样的。真的很神奇，那一天，在千寻宝宝的睡眠中，我用温热水把他的额头清洗干净，涂了润肤霜，又继续抚摸了他一会儿，他午睡结束醒来的时候，鼓包就没有那么大了，没有那么红肿了，晚上大姨见到他时，说不仔细看就没有发现额头有什么变化。到了第三天，大姨还打趣说，天呐，太神奇了，宝宝的细胞疗愈功能太强大了，真的完全修复了，真就这么神奇。

处在这个年龄段的孩子难免会偶尔碰到床头，或者碰到桌子边，有的时候脸上也会出现一点红肿，如果很轻微我就忽略不计，不关注，不放大，不议论。或者，需要的话，最多，我只是用上述分享的方法去做，他很快就痊愈了。

所以，你也不会为此想要去责怪任何人，责怪桌子，责怪床，因为你不关注它，你只给孩子爱与祝福，那个就是最强大的疗愈。

再一次请大家不要相信我说的，而要亲自测试一下，便会知晓真相。它非常简单，只是以往没有人告诉你这些而已。今天你看到了这样的分享，你知晓了这些，如果遇到类似情况的时候，你就要去相信你自己，就去用这个方法，去试验，很快你就会看到神奇的效果。那个时候你就会相信你的内在力量，更愿意让自己的所思、所想、所念、所为都在朝着爱与祝福的方向，减少在情绪、指责、抱怨、对抗中的停留。你就会在生活中创造出越来越多的开心，愉悦和美好，这是一定的。

觉察你喜欢给孩子做怎样的确认

　　春节走亲访友，你会不停地要求孩子有礼貌，叫叔叔阿姨，叫七大姑八大姨，会让他逢人就主动热情地打招呼，吃饭时要求他举杯说祝福的话，送客时说再见，同时还要面带笑容等。

　　你是否留意到，幼小的孩子还不知道礼貌是什么，他也没有概念。父母教导孩子懂礼貌，这个初心是好的。但如果你和孩子相处就不难发现，在孩子状态饱满的情况下，在他准备好了的情况下，请注意是他准备好了的情况下，他是乐于把喜悦、赞美的话送给身边人的，他是乐于打招呼的，甚至是拥抱或亲吻。他也愿意把他的快乐展现出来，比如唱歌、跳舞、画画，有礼貌地称呼人们，把好吃的、好玩的分享给人们，甚至展示他穿的新衣服、新鞋子等等。

　　然而，在他状态没有那么饱满，或者说他没有准备好的时候，你强迫他这么做，他或许出于无奈，出于恐惧，为了讨好迎合大人，会强颜欢笑去打招呼，但心里充满了不情愿、委屈和对抗。也可能，你再怎么逼迫，他根本也不理会，不会按你说的做。

　　由于春节是走亲访友的高峰，家里每天都会迎来送往，对孩子来说这些客人都是完全陌生的面孔，他会感到混乱，一会儿是这样的称呼，一会儿是那样的称呼，不停地在变换，而且这些陌生的面孔都想去抱他，表达对他的喜爱，可是他领会不了，甚至会感到害怕。所以说，不要着急，慢慢来，给孩子一个适应的过程。如果他状态很好，精神很饱满，如大家所愿，他会热情洋溢地和亲人们互动打招呼，展示他的才艺等，这是很美好的事情，值得肯定和称赞。但是也请不要强迫孩子反复这样做，可能会让他失去那份兴趣。其次，如果他没有做好准备与亲友们互动，也请接纳他，允许他，认可他，这个时候我们耐心一点，不要给他贴上一个"这孩子没有礼貌""这孩子不懂礼貌"的标签。孩子的每一天都在成长，他有一个学习、接收、消化、吸收、成长的过程，这个过程是很重要的。在这个过程中，你让他是在爱与自由的环境下实现这份情感的流动呢，还是你强迫他必须达到你要的结果呢？这两者是完全不同的。前者，孩子是带着一种兴奋、好奇、乐趣和喜悦，拥抱接纳这些新鲜事物的，他乐于学习这些，接受这些，这种成长和学习令他很快乐。而后者呢，完全不理会他的成长节奏，他的适应过程而强迫他，他在这里面没有喜悦可言，他感受到的是强迫，不得不，他会抵触，没办法投入感情，只是例行公事而已。

严重的情况下，他可能会在很长的时间里，产生社交恐惧症，回避和抵触与陌生人相处。因为在这个过程中，他没有感到轻松、好玩，他体验到的就是尴尬、不被接纳、不被认可、不开心，甚至是指责或嘲笑。

因此，我的做法就是，如果他很乐于和亲友们互动，表现得非常积极，非常热情，非常喜悦，兴致很高，我会给他正面的确认，但不会过多地强调、夸大、放大这件事情。如果他没有做到，那我也选择接纳、允许和包容他。因为，在内心深处，我深深地知晓，随着年龄的增长，他和亲友之间的互动打招呼，和陌生人之间的良好互动，其实是很简单的一件事，并没有很高的技术含量，所以我丝毫不会担心开端他没有做好，或者说这一次没有做好，或者说没有达到大家的预期，我只是给他耐心。毫无疑问，他肯定会做好。

欢乐无处不在

点滴中一

一岁五个月的千寻宝宝平均每天喝一到两瓶优酸乳，各种品类的优酸乳，小小的一瓶，上午、下午各一支。他特别享受这个时光，也真的特别喜爱喝这个。

每次，几乎都是在拿到的那一刻就想一口气喝完，他也在努力尝试着怎么能一口气把它喝完，以此来表达对优酸乳的挚爱，神情十分有趣。

一旁的我总是深受感染，每次准备把优酸乳给他的时候，就会开心愉悦地逗逗他，拿着优酸乳转几个圈，在他面前晃一晃，高高地举起来，又转个圈，要跟他开心地玩一会儿，再送到他手里。如果你见过土耳其的商贩和顾客之间进行的冰淇淋趣味互动的话，就能明白我们。在土耳其的时候，我亲身体验了那种感受，真的非常开心，特别愉悦，人们开心地等着被捉弄，敞开心扉地融入那场欢乐，这不亚于享受食物所带来的快乐。

所以，享用优酸乳的这个时光，我俩都很享受，玩得很开心，他就开心喜悦地盯着优酸乳，跟着我的节奏去共舞，兴起时还会鼓掌。我顺势拿着优酸乳在他面前转几下，时而拿得远一点，时而拿得近一点，时而拿得高高的，时而抱起他一起转两圈，甚至蹦几下，他也会开心地跟着我蹦几下，很简单的互动，我们就把它变成了既丰富又生动的亲子时光，品尝到了那份喜悦和满足。

融入生活的点点滴滴，孩子真的是这方面的专家，你稍微抛砖引玉，他就会顺着这条线开出无数朵惊奇而喜悦的生命之花。

所以，只要你想，亲爱的读者朋友们，快乐是无处不在的，因为你就是你生活的创造者。

点滴中二

有一阵子，千寻宝宝晚上睡觉的时候喜欢趴在我身上和我玩耍，我也欣然接纳他的新玩法。他趴在我身上，我就感受他的身体与我的身体服贴的感觉，他浑身软软的，肉嘟嘟的很舒服，我的手可以轻松自如地抚摸他的背，抚摸他的头，抚摸他的后脑勺，抚摸他的脖颈、耳朵。进而，他就会更加放松。

突然之间，灵感闪现，我俩就创造了新的玩法，我开始加大腹部呼吸的起伏，深深地吸气，让胸膛鼓得高高的，他感受到这个全新的变化，咯咯咯地笑个不停。然后，我又把气全部吐出去，胸膛瞬间瘪下去了，他又清晰地感知到了。就在这起起伏伏中，他被逗得开怀大笑，我也被感染得十分愉悦，感受到沁人心脾的美好。互动中，不一会儿他就趴在我的身上带着笑意深深地睡去。

我感受着夜的宁静，房间里流淌着轻缓的音乐，小夜灯散发着柔和的暖光，千寻宝宝均匀的呼吸，柔软放松的身体，让我感受到这房间里的一切，窗外偶尔还能传来远处孩子们的嬉戏声，感觉特别美好。

快乐是无处不在的，唾手可得。关键在于父母是否愿意卸下戒备，敞开心扉，用心融入这份珍贵的亲子时光，允许美好与欢乐的来到。

言行举止

我随手拿起棉棒掏耳朵，就是这样一个不经意的举动，千寻宝宝看在眼里，学在心里。他就领会了，他也学我，拿起一根棉棒有模有样地往自己耳朵里掏，但被我及时制止了。

所以，那句话真的道出了巨大的真相，那就是，孩子是父母的复印件。他就像一个海绵一样，浸泡在你的言行举止中，吸收，成长。他观察得很仔细，模仿能力极强。行为是无声的语言，所以，在与孩子的互动中，我们的情绪，说话的方式，互动的模式，价值观，人生观，所有的所有，他都会吸收，都会学习，他会完全复制模仿他的抚养者，他的爸爸妈妈。

所以这让我更加觉察到，要不断提升自己的意识并且践行，确保我的言行举止能够给他积极、正向、美好的印象。我不需要怎样具体教育他，因为我的言行举止已在潜移默化中教育影响了他。

够了与不够

孩子的世界里都是开心快乐的，似乎没有烦恼与忧愁。他能在树叶里找到乐趣，在迎风的吹拂中找到乐趣，甚至手伸到窗外，在捕捉风的感觉里找到乐趣，在观赏鸟儿中找到乐趣，在蜗牛身上找到乐趣，在美食里找到乐趣，在玩具里找到乐趣，在淋雨中找到乐趣，在嬉水里找到乐趣等等。

因为孩子的生命状态总是满的，就好像是："够了够了，我拥有的够了，生活不是关于追逐一个又一个的拥有，而是要懂得并真正地享受所拥有的"。在他的兴奋中你能解读到他的内心世界是，够了够了，我在这一切拥有里很开心很快乐。所以，就很有趣，这种"够了"与我们成年人内心世界的"不够"形成了截然不同的反差，因此也造成了两种世界的存在。

如果你观察成年人，当然这也包括曾经迷失的我自己，你会不难发现，我们内心深处总是觉得不够，其实相较于孩子，我们拥有的已经很多很多了，工作，房子，车子，情感关系，美食，漂亮的服装，健康，旅行，给自己送礼物，看电影，上网，玩游戏等，太多太多了。然而，我们内心的感觉是："还不够，还不够。"这种先入为主的"不够"的思想，在驱使着我们踏上匮乏之路，一旦踏上匮乏之路，就好像双眼被遮蔽了，看不到也欣赏不到已经拥有的美好，就无法敞开心扉去感受已经"拥有"的，去享受藏在"拥有"里的那份美好，更别说在那

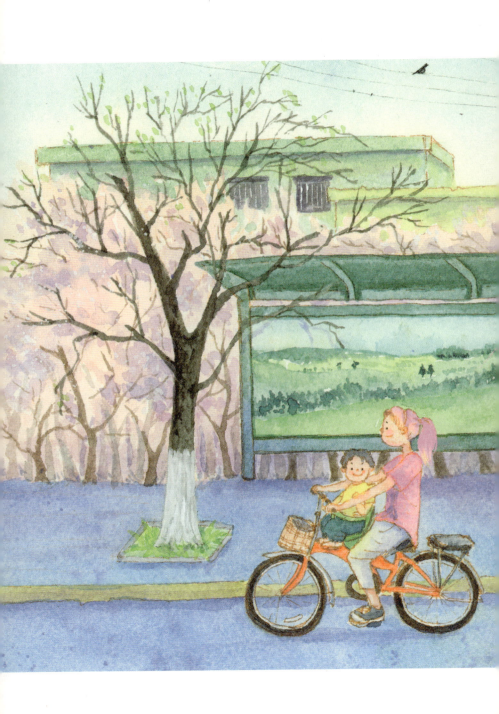

份"拥有"里找到乐趣与喜悦了。

　　我时常审视自己的内心，用千寻宝宝那份"够了"的心境去看待我所拥有的时，便真的立即反转了我的世界观。就真的跟孩子一样，不管身处何方，都能安心地享受眼前，无论是美食，美景，还是美丽的服装；是好听的音乐，是运动，还是静静地与孩子待在一起，我都会把心境调整到"够了"的模式里，立即，我便收获了满足与幸福。

是管还是陪

是管孩子还是陪孩子呢？

答案是都可以，取决于你想体验的是什么。取决于你为自己选择的人生旅程是什么。

孩子越大越难带，这是人们时常挂嘴边的话，这个是否属实呢？答案是属实，但这绝不是唯一的答案，是可选择的。

管孩子，你会在他逐渐长大的过程里，感到力不从心，失控，疲惫。你总是试图去控制他，改造他，你感到带孩子很辛苦，很累，毫无乐趣可言，甚至会觉得累出一身病痛。然而孩子并不领情，随着他长大，他还会对抗你，并伴随着混乱，争吵，指责，抱怨，攻击。而且，我向你保证，你会在他身上找到更多的遗憾想加以改造，加以管控，这或许就是痛苦矛盾的根源。

而陪孩子就完全不一样了。是把自己定位在陪伴者的角色里，你参与到一个新生命的成长，你陪着他看一朵花，赏一处景，你看着他成长，不予以评判，指责，所以就没有改造他的欲望和想法。反而，你享受和他待在一起的时光，他也非常喜欢和你互动，彼此之间形成了亲密的关系模式，这自然会滋养着你，所以你整天带孩子也不觉得累，喜欢带孩子这种轻松、简单、开心、喜悦的生命状态。

陪孩子的前提是，要放下角色，卸下伪装，同时，尊重一个事实，那便是他是一个独立且独特的生命，并且看到他就是一个独立且

玩就是在探索

在体验中成长，是每个人成长的规律。

独特的生命，意味着他势必与你不同，与他的兄弟姐妹也必然不同。当愿意站在这样的角度去看的时候，你就会很容易接纳他的独特，才会享受陪伴他的过程。

玩就是在探索

这份探索你也可以把它理解为，玩就是在早教。只不过在早教机构里，是用预设的一些模式或者挑战来被动地激发孩子，促使他们得到某方面的体验，来应对事物的发生。在体验中成长，这是每个人成长的规律。

而玩就是在探索，就是在早教，怎么理解呢？

比如，在小区的游乐区里，一群大大小小的孩子在玩耍，你会看到有的孩子在玩玩具枪，有的在玩平衡车、自行车、滑板、轮滑，有的在健身器械上玩耍等等，这些玩耍都是孩子们自主选择的，不是预先设置的。他们在自主的体验里，无论是和伙伴们一起还是独自在玩在探索，都是在促进感官的发育、判断能力的形成。不要小看这个判断能力，是极其重要的。

我观察得很细微，通常千寻宝宝置身在这样的情境里就会很自在，自由地体验任何他想要体验的项目。

他发现绿化花廊下有长长的台阶，有个时期他特别热衷走在那个长长高高的台阶上，有时候愿意让我拉手，有些时候更愿意自己走在上面，后来他甚至想在上面跑。这些并不是我教他的行为，是他在这个廊道上体验多次后，自己摸索出来的不同的玩法。每次他想走花廊下长长的台阶时，都会主动拉我的手一圈圈地走，乐此不疲，我在身边呵护着陪伴着，让他淋漓尽致地去体验他想要的这个感受。台阶两端的缓坡也是他的乐趣和兴奋所在，他也会来来回回地体验，尝试着滑下去，兴奋得尖叫。在这个过程中他会逐渐找到自己的方法和技巧，在走得很稳的情况下他会坚定地挣脱我的手，独自探索。当上到高处时，他似乎觉得自己变成了一个大孩子，长高了好多，视野也变得更开阔，这感觉令他欣喜若狂。

有时候他走在花园的小道上，小道是石板一块隔一块地铺贴而成，间隔中间会有一定的缝隙，有时难免会摔倒，若摔倒了，无论是在家还是在外面，大人不去呵斥他的话，他会自己站起来，然后跟什么都没发生一样。甚至有时候，他会索性趴在摔倒的地方玩一阵子再起来。

经常，他传递给我一种感觉，他长大了，想更多地运用自己的力量来体验尝试这一切。我也看到，他在体验里收获了非常强大的属于他自己的力量，这份力量是别人无法给予也无法剥夺的，他就会在这份力量里逐步建立属于自己的勇气和自信。

再比如，去健身器材的路上有几个台阶，千寻宝宝不再像小时候第一时间找我寻求帮助。他的第一反应是尝试着走下这个台阶，他是怎么做的呢？他本能地左右看看，然后从一端以花台作扶手来支撑自己，侧身先下一只脚，站稳了再迈另一只脚。这些不是我教他的，如果我教他，也想不到这种方式，可能直接就上手去拉他，或者把他抱下去了。这些巧妙的方法和技巧的探寻，那么恰到好处，对于一岁五个多月的千寻宝宝来说，是在体验探索中自然获取的，或者说是智力发育的一个现象，因此他会越来越灵活自如，勇敢自信地应对他的世界。

在这个过程中，他是靠自己不断地摸索、探索并加以总结，内化形成了一套自己的方法和心得，所以，这完全有别于早教机构所能给予的。任何的早教机构只能人为地制造一些体验模式，而在大自然的广阔体验中，所有都是即兴发生的，孩子自己去体验、去探索。就好像我们成年人踏入社会一样，是没有固定的模型的，一切都是即兴的，要靠自己去判断、把控和对事物的理解，基于此才做出的选择和动作。

我们没有办法陪孩子走过漫长的一生，他必须要形成自己的独立意识和判断，踏入社会以后更是如此。所以这个判断力和意识的形成，都要从他小时候的点点滴滴中去获取，是日积月累的过程，根本无法一蹴而就。

可想而知，你允许他自由地探索是多么的珍贵和重要。将来他在人生道路上遇到困难、挑战和挫折的时候，他才不会害怕、躲避或者对抗，他会视这些为生命的礼物，乐观迎接而不是悲观回避、抱怨、指责。这将会是两种完全不同的生命观，也会收获两种不同的生命体验，你根本无须担心他将来要去哪个城市上学，要学什么专业，要做什么样的工作，什么时候成家，什么时候买房，什么时候结婚……你不用担心这些，他都会很有分寸，稳妥地安排，并且每一步都会走得特别坚定、特别稳健。

因为这不是一蹴而就的，是在他的成长轨迹里渗透进去的，在他每一步的成长轨迹里，他都得到了自由探索的机会，每一步他都走得很稳健、很扎实，都做得很好，所以他有足够的积累和铺垫，在他需要的时候给他指引和方向。

学会掌控思想

　　一岁半的千寻宝宝开始有很多自己想玩的，渴望体验的事情。

　　如果是在小区里或者某一区域，他会有一个在那里自由探索玩耍的时间，通常这个时候我更愿意戴上耳机听一些正向积极的音频，或者学英语。

　　我观察到很多家长在带孩子时喜欢聚众聊天，如果你觉察一下不难发现，大家聚众聊天，聊得最多的就是家长里短，比如孩子在吃饭、排泄、睡觉等方面表现不好或者是家里发生了什么不开心的事情，诸如此类。

　　如果不参与这些话题，选择自己待着的话，你观察一下自己的思想，思想有一个显著的特点，就是它会不停地思考，停不下来地思考。思考的方向往往也容易去到了负向里，这几乎是一种惯性的模式。这些负向的思考会对你造成一些困扰，令人低落、不开心、对抗、感觉不好。通常我的做法是，我不让思想惯性地去牵引我，我主动地去牵引思想，那我就主动选择让思想朝着正向积极的方向，无论是听音频还是学英语，这样它就不会胡思乱想。在这个智能的时代，给自己配个耳机太重要了，无线蓝牙更方便，可以两只耳朵都带，可以只带一只耳朵，就好像给自己设置了一个屏障一样。

　　尤其是当你听了一些正能量、积极向上的内容的时候，你的感觉立即就很好，整个人的状态是上扬的、轻盈的。不必相信我，你完全可以尝试一下，让自己听十分钟积极向上的正能量内容，再让自己听十分钟恐惧黑暗的负能量内容，并分别仔细感受一下听完以后的感觉是什么，就会知晓我在说什么了。你会越来越重视，越来越远离负面信息的带入。

请不要试图降服孩子

刚在街角的一幕令我感触颇深，一个两三岁的男孩跟着老人在一起，不知道此前发生了什么，孩子扭捏着往左走，老人执意往右走，却又扭不过孩子的那份坚定，于是拉着脸，甩下一句，我不要你了，径直往右走，愤怒得头也不回。

我看向那个孩子，感受到孩子的无奈、无辜和无助。他看着老人远去的方向，"哇"的一声哭起来，不知道该怎样应对。我感受到了他内心的恐惧不安以及不屈从。隔着很远，我也感受到了老人凌厉严肃的目光，感受到她传递的就是，我不接纳你，我不喜欢你，我讨厌你这个样子，你真是个坏孩子，你是错的，我嫌弃你。这对一个弱小的孩子来说真的是非常黑暗的一种深层恐惧。直到老人走出很远，孩子仍然无动于衷地站在原地，不愿意去老人那边，僵持了一会儿，孩子无奈地走向老人，几乎是跑过去的。这一局里，显然最终是老人赢了，她这是在带孩子，显然也在试图降服孩子。

要真的意识到这是在强迫孩子，你所强迫的、剥夺的、泯灭的就是他的个性。在这日复一日的成长拉锯战中，他的个性将一点一点地被削弱，而被你消减的个性就是他生存的武器和法宝。然而，你熟视无睹，你看不见，将他的个性一点点地连根拔起，以致他长大以后就变得没有主见，充满无力感，总是自我否定，总是找不到那份笃定的力量和自信。实际上不是他没有，回看他小时候，他是有的，哪怕是平淡无奇的塑料玩具，他想要哪一个，他都很清晰地知晓，就是在陪伴的过程中，来自抚养者一次又一次的否定打击，他才逐渐丢失了他的武器，变得没有个性，不再愿意表达自己，突显自己，彰显自己，不再那么清晰有力地知晓他想要成为什么，他想要什么，他想做什么以及他的方向他的路。

　　并非说抚养者做错了，或做得不好，意义不在于此。事实上，每个人在每个时刻都只能做他认知范围内最好的决定和行为，这当然也包括天下所有的抚养者在内。不断地自我成长，提升自己的认知和意识才是最重要的根本。

　　每个孩子强而有力的创造力来源于他的个性，他很清晰地知道他可以成为任何他想成为的，然而，你无视他内心的方向，在一次次的相处中，在一次次他想表达自己，做自己中，你都视其为倔强，任性，不听话。正因为孩子有独到的思想，他的每一个思想都闪耀着鲜活灵动兴奋的色彩，饱含着强烈的生命激情，无法与你固步自封的陈旧信念相匹配，所以他才会显得不听你话。每次，你都试图用怒吼、打击、否认、嘲笑，甚至恐吓等威胁手段强行让他听你的，最终你成功了，你成功地管住了他，也成功地剥夺了他的个性和力量，让他成为一个无力的人，一个没有主见的人。

捉迷藏

街角公园处有长长的石阶，千寻宝宝站在石阶的一侧，我突然想和他玩捉迷藏。我就主动去到石阶拐弯处弯下身子探出脑袋望向他，冒出一句"ba bi"（这是千寻宝宝发明的词，他总是在玩捉迷藏时重复说"ba bi"），立即，他就被逗得开怀大笑，特别喜欢和我玩捉迷藏。

记得第一次看见他玩捉迷藏的时候是在青藏高原的路上，那时他大概一岁五个月的样子，他手里正在玩一条丝巾，玩着玩着突然把丝巾盖在自己头上，再拽下来，高兴地看着我说"ba bi"。所以，我刚刚在公园突然想到这一幕，就和他玩起了捉迷藏，并且我变换着出没的地方，有时候在这个石阶的尽头，有时候跑到石阶的背后突然探出头，他没有表现出丝毫紧张或者害怕，每次你望向他的那一刻，他都会开心地尖叫着。有时我躲到石阶的另一面，探出头望向他，他会好奇地看着妈妈，好像在说好神奇呀，妈妈一下子就没有了一下子又出现了，而且是在不同的地方出现。

非常有趣的是，公园旁边的长椅上，一个小女孩正在吃包子，入迷地看着我俩投入地捉迷藏，都忘了继续吃包子，她绽放着甜美的笑容看着我们，仿佛被这份美好和鲜活感染了。

不禁也让我想起了有有姐姐。晚上放学回家，她喜欢陪弟弟畅快地玩捉迷藏，他们会玩出很多新的花样，整个房间都弥漫着开怀大笑和尖叫声。有有姐姐会躲在窗帘背后，千寻宝宝也会学着姐姐把头伸到窗帘后面玩捉迷藏。

记忆最深的是，一次千寻宝宝坐在餐椅上，姐姐就躲在餐椅的后面，一会儿从左边探出头，一会儿从右边探出头，一会儿又从左边魔法般地蹦到弟弟面前，或者从右边魔法般地蹦到弟弟面前，逗得弟弟笑傻了，玩得极其开心。那一刻，真的就没我什么事，唯一能做的便是，看着孩子们沉浸在深深的喜悦中感受他们的喜悦就足够了。

天生的玩乐家

就好像在那个河边，我们玩得那么开心，根本无法事先知晓会在那一天，那个时间点，车子刚好停在那里，会遇到这样的一片乐园，这完全是计划之外的。

天生的玩乐家

不得不佩服孩子们，他们拥有随时随地创造出各种玩乐的强大本领和本能，所以，我称他们为天生的玩乐家。

我身边的亲朋好友总忍不住问："千寻宝宝那么小，怎么带他环球旅行呀，怎么一直在路上，怎么去那么多地方？"如果你只是待在家里或者某一固定的地方，脑海中不停地有这样一连串疑问的话，你就无法带他走出去，带他去体验山川湖泊，体验不一样的风土人情，去看辽阔的草原上奔驰的骏马，去看纯净巍峨的雪山，遇见可可西里成群结队的藏羚羊，仰望翱翔天际的雄鹰，去四季如春的地方喂海鸥。

然而，最开始我也不知道他是天生的玩乐家，也没想他能否走出去，我只是很天真地认为，现在我和他的时间都很自由，如果这个时候我不走出去，那等到他上学了，可能时间就不如现在自由和方便，就这样一个简单的想法，我就自然而然地把他带出去了。

这一走就去了那么多不同的地方，而有趣的是，恰恰在路上，我发现了孩子的天性，发现他天生就是个玩乐家。无论是在飞机上，在车上，或者户外停歇，或者观赏风景，我无须给他带很多玩具，大自然就是他的玩具，而且随处可觅，他玩乐家的本领会促使他在所处的任何地方找到他可以玩的，令他开心兴奋的事物。

记得有一次在青藏高原的某一盘山路上，车速并不快，阳光和煦地照进车内，他自娱自乐地拿起我的丝巾，想着法儿地打开盖在头上，然后再拽下来，就这样一个像躲猫猫的举动，他玩了很久，反反复复地玩。看到这一幕我也欣喜若狂，就发现每时每刻，孩子都在想方设法地给自己找乐子玩，想方设法地创造新的玩法，找到千奇百怪的乐趣。所以，家长要做的便是，信任他，允许他，他就会把自己照顾得很好。各种你想到和想不到的物品会被他反复地摸索、创新、组合和创造，他在其中收获到淋漓尽致的乐趣。

当停下车观赏风景或休息时，广阔天地里更是大有所为，一个树枝，一个石子，一把沙子，都可以是他的玩伴。记得有一次，我们在一个峡谷的低峰处野炊，那个时候冰雪刚刚融化，河水透过已消融的冰窟窿缓慢地流淌，潺潺的溪流声悦耳动听，冰面与河水在阳光的照射下闪着银色的光芒，未融化的冰面上还覆盖着洁白的雪，天空中有飞鸟做伴，四周寂静无声，宛如世外桃源，美得像童话世界。即将消融的冰面带着一个又一个窟窿，更显调皮生动，河面是由流水、冰层、积雪以及正在消融的冰窟窿组成，美丽而壮观。

我突发奇想带着千寻宝宝拿石子往冰窟窿里投，"叮咚"一声，溅起高高的水花，他开心得两眼放光，简直要跳起来；又"叮咚"一声，又溅起水花，他笑得更开怀了，欢快的笑声染遍了整个峡谷。像这样的游玩我也是在他的激发下产生的，它一次又一次地让我意识到，不需要计划，无须安排得那么周密，不需要把每一步都安排得清清楚楚，明明白白，这真的不需要，因为很多有趣的事是在那一刻灵感的激荡下生发出来的，带着创新的乐趣和喜悦在里面，这些完全超越我们头脑事先的预计和安排。就好像在那个河边，我们玩得那么开心，根本无法事前知晓会在那一天，那个时间点，车子刚好停在那里，会遇到这样的一片乐园，这完全是计划之外的。

如果你不停地想着怎么办，总在问怎么办的时候，就无法到达任何地方。

以我的经验和实际养育他的感受来说，最简单的做法就是放下头脑的顾虑和担忧，放下一连串的怎么办。当你放下头脑的预设和各种顾虑担忧的时候，你才能有一颗开放的心去看到他给你的惊喜，这个天生的玩乐家给你的创作。

在姥姥家也是一样，他是天生的玩乐家啊，他随时就会找到新奇好玩的、令他开心的事情。很多时候我对自己说："哇，我真的要向孩子学习这个美妙而强大的本领"。你去看孩子们，无论世界上哪个地方的孩子，他们拥有的很少，可是他们的开心快乐却有很多，不是因为他做足了计划，反而是他们没有计划，从不计划，他就能接纳新的环境新的事物，在那里面创造新的玩法，新的开心，新的乐趣，新的喜悦，这就是他们开心的秘密和法宝。着实，这值得我学习。

实际上，在我与千寻宝宝的相处过程中，我已经学到了很多，也开始越来越多地活在这样的生命状态里，拥有这样的本领。更准确地说，是我忆起了我本身就有的这个本领，即天生的玩乐家。而这并不是千寻宝宝和孩子们的专属，事实上，它属于我们每一个人。

我爱你，是爱你，是爱。
而非需要你，所以才爱你。

孩子，自在地做自己吧

文/奔跑中的快乐未来（网名）

很抱歉，我的孩子，当你静静地做一件事时，我总是按照我的要求打断你，不和你商量，不给你选择，甚至强行逼迫你停下来，做我想让你做的事。如果你不服从，我甚至会威胁你，用你会有糟糕的未来吓唬你，渐渐地，我发现你无法安心做自己，也无法安心做手头的事，你会心不在焉，会东张西望，我又开始指责你不用心，不专注。

我的孩子，真的很抱歉，是我在不停地影响你聚焦，安心地做自己，你心里是不是常有不安，担心自己做得是否符合我的心愿，害怕做错了受到惩罚，然后失去自我，失去成功的未来。

我真的很抱歉，在爱你的同时，我似乎在不断地诅咒你，诅咒你如果不这样，就会怎样怎样。你如此焦虑不安，看似乖巧懂事的背后，你在逐渐和自己背离，你不知道自己真正想要什么，你只是关注外界的需要，带着不安，随时待命。

我的心很痛，我忽然有一种罪恶感，为自己的操控与粗暴。当然我可以找借口说，不管你怎么都行，怎么可以让你任意而为，其实这一切都是我的焦虑不安作怪。我不相信你可以有自己的判断，我总是傲慢地认为，自己的选择一定适合你，带着强迫的干预，而不给你留有余地。

是我的不安带动你的不安，是我对外在的迎合，推动你去迎合外在的世界，我其实并不懂爱，做的很多事情其实都不是心甘情愿，看似挺关心别人，其实是心中的不安在推动我去做，那是讨好，而并非爱。

我并没有给你做一个安定、自在、自信的榜样，却希望你在我的控制与推动下成功，成为这样一个人。

现在想来真是滑稽，你我都是独立的个体。当我可以安心地做自己，成就自己的生命意图，行走在自己生命的道路上，便腾出曾霸占着的你的生命空间，身体力行地为你示范着，安心地做自己。于我而言，那不再是个概念，做自己并非自私自利，而是与自己那份本质连接，彰显生命的本来面貌。而在恐惧着的我，是无法给到你这份自由的。

谢谢你我的孩子，是你，让我看到自己的不足。因为爱，我愿意成长改变，让对你的爱更加纯净。

我爱你，是爱你，是爱。而非需要你，所以才爱你。

作者的话：

这篇文章完全就是我成长蜕变前后的真实写照，惊喜于这篇文章的创作和表达。诚挚地邀请此刻精彩闪耀的你，如果你也准备好了有所改变，请加入自我成长的队伍中，开启探寻内在心灵的秘密花园，遇见不可思议的自己，绽放令人尖叫的美妙人生。

　　我在那里等着你。

　　想与我有更多互动，请关注"嘘 你是无限的"公众号，欢迎亲爱的你们来做客，这里有家的温馨，是爱的港湾，让我们一起欢庆生命。

图书在版编目（ＣＩＰ）数据

穿越无人区的小孩 / 陈永清著 . -- 贵阳：贵州人
民出版社，2022.11
ISBN 978-7-221-17315-7

Ⅰ.①穿… Ⅱ.①陈… Ⅲ.①游记 - 作品集 - 中国 -
当代 Ⅳ.① I267.4

中国版本图书馆 CIP 数据核字 (2022) 第 207429 号

穿越无人区的小孩

陈永清 / 著

选题策划	象泽文化	
责任编辑	张薇	
特约编辑	沈可成	
封面设计	与众设计	

出　　版	贵州出版集团　贵州人民出版社
地　　址	贵州省贵阳市观山湖区会展东路SOHO公寓A座
邮　　编	550081
电　　话	0851-86820345
网　　址	http://www.gzpg.com.cn
印　　刷	大厂回族自治县德诚印务有限公司
经　　销	新华书店
开　　本	880毫米×1230毫米 1/32　9印张
版　　次	2022年11月第1版　2022年11月第1次印刷
ＩＳＢＮ	978-7-221-17315-7
定　　价	68.00元